U0948466

+
=

友情

Friendship

亲情

Kinship

爱情

Love

一切有情，依食而住

唐七　浅白色　等著

CNS
湖南文艺出版社
HUNAN LITERATURE AND ART PUBLISHING HOUSE
博集天卷
CS-BOOKY

目录

C o n t e n t s

友情

Friendship

P001-P057

亲情

Kinship

P058-P149

一切看情，
依餐而住

爱情

Love

P150-P245

秘制腐乳，秘制爱情

小白，我，酸梅汤

爱是红焖羊肉，爱是烧烤鸡翅

文／唐七

文／浅白色

文／云狐不喜

一切看情，
依食而住

Friendship

秘制腐乳，
秘制爱情

文/唐七

川味秘制腐乳做法

原料

胆水豆腐4块
盐350克、朝天椒辣椒粉250克、花椒粉100克
姜米适量（看自己喜欢）
密封容器（木箱为宜，蒸锅等亦可）
干净稻草
上好白酒
半干白菜叶若干
瓷坛

做法

1. 胆水豆腐买来后放置约一天，将水汽风干，切成方块，每块豆腐切成9小块为宜。

2. 在木箱里铺好干净稻草，若无稻草也可用报纸加保鲜袋的组合代替。将切好的豆腐放置在稻草上，每块豆腐之间都应留有空隙，方便豆腐发霉。豆腐块放置完毕，在豆腐面上再铺一层稻草，然后用箱盖密封，于2~8℃的温度下发霉13~15天。

3. 将朝天椒辣椒粉、花椒粉、盐和姜米按比例混合，做成配料。

4. 将发霉成功的豆腐块挨个儿在白酒里过一下，然后在配料里进行裹料，每块豆腐各面都应裹料均匀。

5. 将完成裹料的豆腐块用半干的白菜叶包住，放进瓷坛中。搁置5~7天即可食用。

01

科学家们总结说世界是由物质构成的，但我觉得从另一个角度来看，世界也许是由故事构成的。故事里有人，有物，有怨憎相会、恩爱别离，还有欲求不得、生老病死。这样多的矛盾和情感，丰富得不亚于科学家在实验室里业已发现的化学元素。

听到一个温暖的好故事，我会高兴得不行，就像在有着巨大落地窗的阳台上晒太阳，只感到阳光温暖宜人，而玻璃将城市的雾霾全部挡在了窗外。

我和科学家们的世界观并不相同，但我想，说不定我们对这世界抱持的却是相同的爱：他们爱组成这世界的元素，我爱组成这世界的故事。

有时候会觉得自己就像个斯芬克司。在希腊神话中，人面狮身的怪物斯芬克司盘踞在底比斯城外，怀揣着那个有关哲学与思辨的谜语，询问每一个打它身边路过的行人，考较他们的智慧。我当然不会盘踞在某个地方给人出难题，我说我像它，是指我们都爱找人聊天——它出谜语给人猜，我则向和我聊天的每一个人索取故事，我喜欢跟人说："最近有没有什么好玩儿的事？讲一个给我听听成不成？"

故事就像是食物，热闹的是水煮鱼，寂寞的是独蒜虾仁，悲伤的是苦笋汤，喜悦的是麻婆豆腐。也有甜蜜和苦涩掺杂的故事，就像是放多了可可粉的黑森林蛋糕。我将它们一口一口吃下去，然后它们同真正的食物一起，转化成能够让我存活的养分。

我的朋友Yoyo得知我将故事比作食物，开玩笑说请我吃饭，吃慢火煨出来的佛跳墙，配菜是川味秘制豆腐乳。

"这是什么搭配？"我问她。

她笑起来："我给你讲个有关食物的爱情故事，爱情是慢火煨出来的爱情，照你的说法，可不就是一锅佛跳墙？"她意味深长，"而这段爱情最大的功臣则是一道小菜——川味秘制豆腐乳。"

川味秘制豆腐乳、爱情。那时候我想，竟然将这两个词排列在一起，爱情这两个字天生该和美酒月光放一块儿，它和豆腐乳能有几毛钱关系？还是川味秘制豆腐乳？

这可真有意思。

但无论如何，Yoyo开始讲这个故事。

02

故事的女主角叫林淑文，在二十世纪三四十年代的鸳鸯蝴蝶派小说里，常能看到类似的小姐闺名，搁二十一世纪的今天依然端庄，但和80后流行的叠字名一比，就未免显得太过老派和规矩。

淑文的人生一如她的名字一样老派和规矩——从幼儿园开始就规规矩矩学习，上他们市最老派有名的小学和中学，上全国最老派有名的大学。淑文的好友廖晶晶形容她就像是列自带轨道的玩具小火车，行程既定，从起始站到终点站的每一站都一览无余，小火车轰隆隆即将开过的是一段毫无悬故事就像是食物，热闹的是水煮鱼，寂寞的是独蒜虾仁，悲伤的是苦笋汤，喜悦的是麻婆豆腐。

念的人生。

廖晶晶和淑文聊天，那时她们大三末。她斩钉截铁地预言：“淑文，你下一步必定是申请国外最老派有名的研究院，再下一步必定是进最老派有名的公司，然后……”设想到这里她卡了壳，立业之后就要安家，她想象不出来淑文喜欢什么样的人，也想象不出来淑文会如何组建家庭。淑文那时候只是笑了笑，有一绺儿头发垂下来，她伸手将它们别到了耳后。淑文不是那种一眼就让人觉得出彩的长相，但眉眼清秀，看上去就是个有灵性的女孩子。她不爱说话，笑的时候抿着嘴，露出一个单边酒窝，让人觉得平和文静。

淑文的父母的确安排她在大四末出国，但令廖晶晶大跌眼镜的是，这列上足发条的小火车平平稳稳行驶了二十多年，竟然第一次脱了轨：淑文违背了父母的意愿，毕业后立刻进了沿海一家公司，那家公司销售进口游艇。

廖晶晶出差路过濒海的S市，毕业后第一次有时间去看淑文。那是十二月的一个星期天，两人相约在淑文家里见面。午饭在家里吃，淑文亲自下厨，一道鱼香肉丝、一道番茄蛋花汤、一小碟腐乳。大学毕业前还从来不进厨房、十指不沾阳春水的人，竟然也能做出像模像样的一顿饭来，味道还很不错。

饭桌上，廖晶晶对小碟子里的豆腐乳赞不绝口，惊讶S市也有这种特产，直问是在哪里买来的，自己也要带几罐回去。淑文捧着刚盛的蛋花汤，抿着唇说："我自己做的呀！"

廖晶晶疑惑："怎么会？你从来没做过这种东西吧？第一次做就能这么好吃？"

淑文小口小口喝汤，含糊地说："我打听了很多种做法，自己也研究了好几种不同比例的配料，买了很多豆腐来试，你吃到的这个是十多罐豆腐乳里边最成功的。"

那时候阳光正从窗外照进饭厅，淑文想起了自己花人力气钻研腐乳的初衷。

这世界上所有的食物做出来都只是为了一个目的，就是让人吃下去。而做食物的人想方设法要让食物变得好吃，不过是为了让所爱的人吃得幸福。母亲想让孩子吃得幸福，妻子想让丈夫吃得幸福，就算是开餐厅的老板，大概也有一点儿烹饪理想，想让来餐厅吃饭的所有客人都吃好吃幸福。食物真的承载了很多东西。淑文从前并不理解关于食物的这一切，直到她遇到沈恒。也许有一天你忽然爱上一个人，但他似乎什么都不缺少，你能为他做些什么？你的那些爱意要如何安放？

淑文选择了沈恒所在的公司，并且在工作之余开始学习做菜。沈恒爱吃的菜里最难得的一道是家常腐乳，可这东西看着不起眼儿，却实在是一种麻烦的食物，它不像鱼香肉丝甚至再难一点儿的剁椒鱼头，只要原料充足，个把钟头就能做一锅，失败了再来，失败了再再来。一年里最适合做腐乳的时间只有冬季的一个多月，而一坛豆腐乳从配制原料到制作成功至少也要二十天，若一坛一坛地实践，只允许失败一次，成功率太低。

就像做一个精密的实验，淑文事先在网上搜索了一些菜谱，又向家里会做腐乳的亲戚打听，整理出好儿种不同的做法，然后买了许多豆腐，分成数份，按照不同的方法分别放做食物的人想方设法要让食物变得好吃，不过是为了让所爱的人吃得幸福。

在数个密闭的木箱子里发霉。每个木箱子密封发霉的时间都不一样，有的长些有的短些，她将它们一一做好记录，待箱子里的豆腐发霉成功后，再裹上不同的配料放进不同的罐子里存放。一星期后试吃，每只罐子都打开尝一点儿，挑出最好吃的一罐，再按照记录追溯它的配料和制作方法，趁着冬天未完，她买来许多豆腐大大方方地成功做了一整坛。

腐乳做好的第二个星期，淑文开始带着保温桶上班，保温桶里装了两盒午饭。公司里有食堂，大多数员工习惯在食堂吃中饭，不过也有嫌食堂饭菜口味不好的同事，中午会自

己带便当。但直到午休快要结束，淑文也没将保温桶里的那个饭盒送出去，尽管出办公室右转不过五米就是沈恒的副总办公室，可这数米的距离看上去竟然分外遥远，淑文想自己的确是够老派，还是缺少一点儿勇气。隔壁桌的同事正好开会回来，嚷着这会真是拖得够长，食堂估计已经没饭了。淑文顺手将保温桶里的饭盒递给那位同事，道："我这儿还有一份多余的，要不嫌弃的话……"话还没说完，同事已经连连道谢地接过，打开饭盒惊叹道："哟，鱼香肉丝、炒豆角，还有家常腐乳啊！"

并不是每一场暗恋都能开花结果，淑文在这家公司待了两年，第二年学到一个小窍门，在裹好配料的豆腐外包一层晒得半干的白菜叶，这样腐乳就会更加美味。她为沈恒专门学来这道小菜，却一直没能让他吃到。她想她是跨不过心里那五米的距离了，那就这么着吧，同在一家公司能远远看着他其实也挺好。

两年间，她仍然每天带两份午饭到公司，借口她自己做饭，一个人的分量不好控制，多带一份来还可以救济因为种种原因没午饭吃的同事。没有人知道那多余的一份午饭正确的主人应该是谁，但淑文的贤惠却在公司传开，连分公司都知道总公司企管部有个文文静静的女孩子叫林淑文，做得一手好菜，特别是家常腐乳，堪称一绝。她每大会带两份午餐到公司，方便加班或散会晚没地方吃饭的同事，而且她人特别随和，谁想吃她做的便当，只要头天和她说一声就好。

那天中午刚过午餐时间，副总办公室突然打来电话，说要一份文件。淑文将文件找出来赶紧送过去，沈恒皱眉扫了一遍。两年来，两人的接触仅限于工作，从前淑文有时候还会想，沈恒会怎么看她，如今已经再没有这样的想法，公司有这么多员工，她对沈恒而言不过就是那么多员工中的普通一员。

她站在那里等着看沈恒有没有关于那份文件的工作安排，良久突然听到他问："听说你每天带两份盒饭，没吃午饭的同事都可以找你救济？"她惊讶地看着他，他的半张脸隐在电脑显示屏和A4纸打印出来的文件后，只露出一双黑色的眼睛。他顿了片刻，补充道："今天没注意忙过头了，我听说有这个传闻，如果不方便……"她立刻道："方便，我只是怕我的手艺不合沈总的口味。"他的眼睛里浮起一点儿笑意，道："听说你的家常腐乳做得特别好。"她按捺住心口的怦然跳动，也试着在脸上做出一个自然的笑，说："那个今天我也有带一点儿。"她不知道自己的笑是否够自然，她甚至忘了应该有一点儿礼貌的谦虚，和他说："肯定不如老人们的手艺，沈总你不要见笑。"

将饭盒拿过来时淑文还有些恍惚，沈恒接过饭盒时和她说了声谢谢。

办公室里有一面非常大的落地窗，窗外是非常好的阳光，办公桌后的男人正打开饭盒，那是她专门做给他的。两年来，每天，即使过着除了微薄的工作沟通彼此再无其他交集的生活，她也仍然用业余时间钻研各种他喜欢的菜式，然后想象着那是做给他的，认真做好每天的盒饭。她以为若是自己跨不过那五米的距离，这个饭盒永远也到不了他的手上。但是此时他却掰开筷子尝着她改良了两年的腐乳。

她突然想起来两年前沈恒出现的那个宣讲会。她第一次看到一个男人将西装穿得那么好看那么精神，他接过工作人员手里的话筒，用手里的控制器点开宣讲的PPT（幻灯片软件），声音非常动听："在座的各位同学大概应该叫我一声学长，六年前我也像你们一样，坐在这个礼堂里听我的前辈来这里做宣讲……"

那是她第一次见到沈恒，之后她放弃了留学，就像廖晶晶所说的那样，开启了一段脱轨的人生。

但这似乎并不是什么不好的人生。

03

Yoyo将故事讲到这里戛然而止。

她说这是个真实的故事，因此我格外好奇这故事的结局：“最后他们怎么样了？”

Yoyo卖关子道：“你想他们怎么样？”

我说我希望这是一锅传统的佛跳墙，浓香扑鼻，并不需要任何的苦涩做调味。

她笑起来：“这不是虚构的故事，是生活，所以不可能有结局，只有现存的状态。不过这故事现存的状态还挺不错，他们结婚了，有了个女儿。”

我“哇”了一声。

她笑起来：“我把这故事讲给好几个人听，有的觉得淑文好运，有的觉得淑文不该为了个男人放弃出国留学的大好前程。你也听了这个故事，你有什么看法？”

我说：“你饶了我，我最怕在吃完一顿美食后被人要求写美食评论。”

她笑得厉害：“你完全就是个吃白食的。”

我坦然承认，说：“对，我就是个吃白食的。”

故事就是故事，每个人都想在他人的故事里得到关乎自己的启示，这不太可能。我一直觉得，他人的人生其实没有任何借鉴性，因为每个人的价值观都不一样，考虑事情的角

度和方法各异，理想中的生活是什么样也完全不同，羡慕他人或者嫉妒他人或者为他人的某个决定感到可惜，这些都完全没有意义。

这个世界由故事构成，我们每个人都是这世界的一部分，所以我们每个人都有属于自己的故事。好好投入在自己的故事里，好好享受自己的故事就好，就像享受滋味各异的食物。

也许有一天我们自己也会成为故事，会是激励他人或抚慰他人的一道美食，当别人讲起我们的故事时，无论内容是悲伤还是愉快，都是很有意义的。就像食物一样，不管口味如何，只要被他人吃下去，就会很有意义。

小白，我，酸梅汤

文/浅白色

做法

乌梅洗净后用凉水浸泡5分钟；锅里加入山楂、甘草、洛神花，用清水煮沸后转中火煮半小时左右，放入冰糖，直至冰糖融化；冷却至室温后放入冰箱冰镇。

收到小白的明信片是腊八那天下午。

预料中的细雪一直没有来临，那天难得雾霾散去，有个通透的晴天。要不是老妈打电话来说家里做了腊八粥，我几乎没留意到已经过去了大半个冬天。

楼下的信箱里照例躺着三两张鲜艳薄软的广告传单，不外乎超市促销或是附近又新开了哪家餐厅或美容院。我习惯性地试图卷起它们丢进楼道门口的垃圾桶，不料刚卷起半截就发现它们中间藏着厚硬的卡纸的触感。翻开来，两张宣传单中间夹有一张明信片。

明信片上的风景是俯瞰瓦卡蒂普湖的天际线缆车；背面贴着一张精灵王子的邮票，盖着依稀可辨的新西兰邮戳。小

白的字笔画清楚头圆脚方，即使不签名都很好辨认。她写起留言来还是东一句西一句，惯常的不着调风格里透着熟悉的温暖感：

亲爱的丸子：

你好吗？我很好，就是玩儿得有点儿累，总想睡觉。请把这句话当成炫耀，哈哈。

你看邮票漂亮吗？是精灵王子呢。你要好好练车，等你来了咱们一起自驾。我这次开了*2000*公里，一路的风景特别美。

小白

现在正是南半球的夏天。趁着假期去南岛旅行的她从皇后镇寄来这张卡片，经过两个星期终于到达我这边11℃的暖冬。我右手里是一片纯净广阔的蓝天碧湖画面，而左手里有一张画了大框框的绿图红字的薄纸：酸奶满20元减4元。如此情景不是不喜剧的。

所谓朋友，大概就是在并肩走过一段路之后，即使彼此已拥有南辕北辙的生活还仍旧保持着往日的默契和亲密感。她从不是个热情外露的人，我则在任何关系里都被动得很，好在我们两个怪人之间存有某种坚定的共识：随着分开而变疏远只意味着彼此其实可以被别的人取代。七十多亿人生存在同一颗星球上，可我们都不相信会再遇到跟对方如出一辙的人，即使我成了家庭主妇，即使她生活在地球的另一边。

无趣的人可以互相替代，而有趣的人则各有各自独特的怪。

我为数不多的几个好朋友都是怪咖，这正是我爱他们的原因。

这世界上好人大致有两种：一种像芝士蛋糕，无论从哪个角度下勺子都看得到表里如一的敦厚甜润；另一种则像酸梅汤，乌梅、山楂、洛神花，酸得口感各异，而不同的酸内里都包裹着清澈却不起眼儿的甜。

这便是怪人的美，他们从不乐意直白地把内里的甜翻给你看。他们各有各的怪，种种与生俱来的别扭只留待值得深交的人去理解。

小白得算我的好友中最怪的一个。

她的怪不在于程度，而在于纯度——她特立独行，但她不是故意的。她内在的小世界简洁而坚定，就像一个稳稳站立的三角形，外面庞大的世俗可以推动她、撂倒她，却无法把她打散重铸成别的形状。

我第一次见到她是在2007年10月。我来北京工作，朋友的朋友小白听说我一个人来，立刻自告奋勇来西站接我。拖着大箱子的我远远看见站台上有个高个儿、短发、背书包，一副高中生模样的姑娘，一边朝我这儿张望一边还挠头。

我夹在下车的人群中艰难地挪动到她面前，她无辜地眯着眼看了我一会儿，半信半疑地问："丸子？"

"小白？"

"丸子你不圆啊。"

"小白你挺白的。"

虽然第一次面对面说话的内容略傻，可我们俩总算顺利

所谓朋友，大概就是在并肩走过一段路之后，即使彼此已拥有南辕北辙的生活还仍旧保持着往日的默契和亲密感。

地接上了头。

她顺手接过箱子拉我去排队等出租车，前面等车的队伍黑压压地望不到头，全然是要等到午后的架势。我问她饿不饿，她傻笑挠头一阵子，告诉我：“今儿早上我喝了半斤牛奶。”

还没来得及细想半斤是个什么概念我就先被她用的单位震惊了：半斤，多豪迈！大概十来分钟之后我才回过神来：半斤等于250克，250克等于一小可乐瓶子再多一点儿而已。第一印象往往会起决定性的作用，于是小白从一开始就坚定不移地相信：我的小学数学一定是体育老师教的。

七年过去了，这个段子我们俩仍然常常乐此不疲地拿出来晾。她无数次地问我半斤难道很多吗？我无数次地回答她半斤听起来很英勇。

七年过去了，这个段子在脑海中还鲜活如昨。我们总乐

随着分开而变疏远只意味着彼此其实可以被别的人取代。

此不疲地提起，奇怪的是，如此重复又无聊的探讨我们竟然不觉得腻。时间走得太快，身边的一切都在我们不留意时悄然变迁，仿佛只有彼此反复确认才能够证明曾经的自己真实存在、有迹可循。

当时我的全部家当只有那一个大行李箱，当时她唯一的梦想是出去看看更大的世界。我们一无所有，除了一个关于未来的憧憬：总有一天，我们要去南欧的某个小地方当村姑，买个院子种满向日葵。拖家带口比邻而居也好，自由自在地单身着也好。

七年后的现在，她已经飞去南半球霍比特人的老家，曲线实现了我们的村姑梦想；而我的那一半梦想份额，只剩写给她的一本《巴黎没有摩天轮》。

是的，我的第一本长篇小说就诞生于某个跟她一起吃着烤翅喝着酸梅汤的夜晚。

她是土生土长的北京人，却难得地爱吃辣；我更不用说，和大多数长沙妹子一样属于不吃辣不舒服的人。我们俩的人生观也出奇地一致：看雪看星星谈诗词歌赋人生哲学都是扯淡，唯有能吃到一起的才是真爱。于是，在那段做小网编住隔板房的日子里，我的无数个夜晚都是和她在饭桌旁就着酸梅汤、用被辣出的烈焰红唇聊着天度过的。

好喝的酸梅汤不能太甜，味道要纯粹又不失通透，等到适度的酸从舌尖退去，显露出那一层清淡但诚实的甜。

那天傍晚，烤翅店的酸梅汤虽然清香得很，可抵挡不住一股掺了水的敷衍味儿。好在她能凑合我也不挑剔，有了八九分合拍的同伴便可以不在乎只有六七分好的食物，只要同伴对了在哪里都能吃出幸福感来，这才是真吃货的节操。

我们身旁立着身披小彩灯的树，空气中飘着烤肉的香料味道。嘈杂的人声环绕在四周，我们不得不保持前倾的坐姿，努力让自己的声音顺利传达到桌对面。我们聊她机关大院里的破事，聊我写字楼里的八卦，更多的是交流彼此的糗事。就在那坐满了人的小店露台上，我第N次取笑她用报纸包向日葵送人的事迹，她故作条理清晰地回答我："一、这叫创意你懂不？二、你把这事写成小说吧，肯定好看！"

2007年，我还只是个为了每月挣2500块钱天天跟流量殊死搏斗的小编辑。无数个和我面目相仿的影像在这座城市里翻滚着爬行，没人在乎我有没有爱好有没有理想，付得出房租填得饱肚子才是正经事。然而她用再平常不过的语气告诉我："你既然喜欢讲故事，就该写篇小说。梦想本就是最基本的生存必需品之一，和米饭一样。"

那天晚上，我还没动笔的小说收获了第一个读者，我刚趁打折买的大衣也收获了一身新鲜的孜然味儿。

接下来的两小时，身边的客人一桌一桌陆续离开，我们还坐在那里兴奋地聊情节。

《巴黎没有摩天轮》十多万字的故事中随处可见食物的踪影：火锅、烤翅、虾饺、炭烧排骨、夫妻肺片、水煮鱼、肉酱焗饭……仿佛每隔几千字的情节不吃一次就不正常。我不厌其烦地将“吃”这一情景填进故事的缝隙里，食物不重样地排排座充当道具，其中唯一不变的总是酸梅汤。当时，我是个糟糕的写作者，仗着一点点天分和很多热情，被一股无知无畏的勇气驱使着横冲直撞地往下写。它既无技巧可言，又充满了想当然的天真。直到很久之后我才觉察：在虚构的故事情节中藏着的那些看似无意义的细节，它们像日记般藏着我二十三岁的生活侧影，完整地，真实地。

我的二十三岁和大多数离开家独自生活的人相同：压力和孤单让你腹背受敌，之所以能够快乐地坚持下去，只因为在那个年纪人人都急切地要证明自己已经独立。如果没有认识小白，或许我也像许多人一样将与生存比起来微不足道又遥不可及的梦想束之高阁。是她不厌其烦地一次一次提醒我，梦想是必需品，就如同困了要睡觉，吃烤翅要喝酸梅汤。

小白和我一起逛过许多条街，挤过许多趟地铁，喝过许多杯不同的酸梅汤。

好喝的酸梅汤不能太甜，味道要纯粹又不失通透，等到适度的酸从舌尖退去，显露出那一层清淡但诚实的甜。

最好喝的酸梅汤来自一家川菜馆。

2008年4月的一个星期天上午，她来帮我搬家。我早早开始收拾打包，她出电梯门的时候正见我在走廊里拖着一只大编织袋。比我高出十几厘米的她冲过来就把我往一边赶：“停！有你这么拖的吗？再拖就穿了！去去，放下，给我按电梯去！”我顿时被她浑身散发的指挥官气息镇住了，不由自主地顺着她那严肃的赶鸭子手势松开编织袋，扛起纸箱非常配合地一屁股堵住了电梯门。

我的房间虽小东西却不少，挪到楼下搬上车时出租车司机师傅都快哭了——不只后备厢，副驾驶位上下都塞得满满当当，后座上我和小白一人抱着一个大包动弹不得。等到了新家、拼装好简易衣柜后已经是下午两点，看着散乱一地的

无趣的人可以互相替代，而有趣的人则各有各自独特的怪。

行李，小白果断地决定先拉我去吃饭。就在距离新家两站路的那家川菜馆里，我们喝到了一杯完美的酸梅汤。

酸得单纯质朴不具侵略性，甜得清淡又坚定，跟水煮鱼配合默契，简直不忍拆分。

小白吃什么都快得很，唯独对付水煮鱼慢条斯理，说是怕刺。水煮鱼里的刺本身就已所剩不多，我干脆盛起一勺，三两下挑干净了刺再倒进她的盘子里。此举完全不费什么事，她却不好意思起来，挠挠头开始磨蹭，作势嫌我用的是自己的筷子。小白就是这么怪，她从来鲜少表达对谁的需要——在她眼里，她为朋友做任何事都理所当然，偶尔被他人照顾反而不知怎么反应，只得别扭起来。

在消灭了两扎酸梅汤后，饱得走不动的我看着饱得走不动的她，谁也不想回去收拾那一地的行李。

“去逛宜家不？”她提议。

“去买东西还是去吃甜筒？”

“当然是去吃甜筒，谁还买得动啊？”

于是，我们两个累得购不动物的人在周末的下午换了两趟地铁去人头攒动的宜家排队吃甜筒。现在想来，我们俩这种行为真算得上是中国好病友。

2010年冬天，已经专职写作的我终于决定回长沙生活。

ice
ice - crem

看雪看星星谈诗词歌赋人生哲学都是扯淡，唯有能吃到一起的才是真爱。

走之前，我和小白相约再去吃烤翅。

那家店仍旧热闹得不行。店里早已重新装修过，从墙壁桌椅到杯盘全都是陌生的模样。酸梅汤不知从什么时候起换成了酸梅粉和水冲出来的液体，只有和往日相同的烤肉的味道毫不客气地沾上了我们的头发和外衣。

她被一口酸梅汤冰得面部抽搐：“妈呀，酸梅汤还是速溶的！”

“好了，这家店也该封杀了，下回不来了。”我也对这杯东西颇有意见。

“下回是什么时候啊？”她问。

…………

那天之后，我们之间的距离从半小时车程变成了一千多公里的飞行。

每年一两次见面之外，有酸梅汤的餐桌换成了电脑屏幕上小小的聊天窗口。

2011年，我知道她辞了工作在准备着留学，她每天孜孜不倦地催我完成我们构思已久的“好玩儿的故事”——《浮岛》。

2012年10月，因为准备婚礼而忙得一塌糊涂的我发现小白已经有好一段时间没有出现在聊天窗口里了。

当时我只以为她趁着新西兰的春天外出旅行，却没料到她正在回来的路上。

婚礼前一天下午，我的伴娘来迟了。她在路上给我打电话，说先要去取一件惊喜的礼物。我问她，礼物是能吃的吗？她回答得古灵精怪："太大了，你吃不下。"

当伴娘带着"礼物"——小白出现在酒店房前的走廊上时，我仿佛看见这些年时光向后退去——高个儿、短发、背书包，一副高中生模样的姑娘，一边朝我这儿张望一边还挠头。

那一瞬间我才猛然惊觉：距离2007年10月我们第一次见面已经整整五年。五年前，我的全部家当只有一只行李箱，她只想出去看看这个世界；五年后，我正要拥有自己的家庭，她也已经生活在"外面的世界"。我们曾是同路的旅伴，曾并肩走过一段人生，只是中途选择了不同的方向。我从不曾怀疑，小白这个将梦想视为米饭的姑娘无论需要绕过多少弯路，都一定会到达她想去的地方。

她飞过半个地球来参加我的婚礼，带来了一瓶当地的黑皮诺。

新西兰空气纯净紫外线强，黑皮诺的色泽也比北半球同纬度更深，果香更饱满。打开瓶子，幸福感扑面而来。当然，以我认识的小白，她才懒得了解这些。要问她为什么挑它，她准会回答“因为瓶子长得好看啊”。

婚礼的前一晚，我们在酒店房间里喝光了那瓶散发着樱桃香味儿的黑皮诺。她还是和以前一样，喝过一口后挠挠头，说：“红酒什么的我也不会喝。好喝吗你说？”

“果味儿多重啊，好喝。”

“我觉得吧，不如酸梅汤。”

“那你干吗买它？”

“瓶子长得挺好看的。”

“我就知道。”

…………

深夜，我们打着哈欠，手里握着已经被捏得软绵绵的一次性纸杯，昏昏睡去。

晚安，我们曾共度过的往日。

晚安，我们美好的、干脆的、从不回头的世界。

爱是红焖羊肉，
爱是烧烤鸡翅

文/云狐不喜

食通天下至理，老子《道德经》里说治大国若烹小鲜。

而爱是天下至味，是烹制食品最好的调味料。

那我就先来举一个失败案例：

这个世界上，确实有爱也拯救不了的厨艺。

比如我爹的手艺。

我爹生得好，做得一手菜也是极品，其他的都不说，单只说看家菜，是一道猪油大蒜白糖拌面。

对，只有猪油、大蒜、糖、面条，以及他对我们母女两个满满的爱——我都这么爱你们了，这菜必然得好吃，不好吃那是不能够啊！

于是，我爹就用九分爱配着一分猪油大蒜白糖拌面，信心满满地端上来，结果就是我和我娘抵死不从，掩鼻而去，我家狗拿屁股对着他，表示狗大爷也是有尊严的！

他只能一个人寂寞地吃掉这道他自己最喜欢吃的菜。

由此可见，爱并非无所不能，爱亦有不可言说的致命软弱。

有一种男人的厨艺，连爱亦无能为力，就不要说道理了。

接下来，再说一个成功案例，是我的一个朋友，我们都叫她“表姐”。

我这位朋友，在饮食界是个传奇，战功彪炳，战绩昭彰，掌中一口炒锅，不炒无名之菜。平常一群人出去吃饭，端上桌一盘没见过的菜，她叼几筷子就差不多知道配料和做法，回家做起，竟然不差太多，至少有原菜七八分意思。

她的拿手好菜数不胜数，比如唐七特别喜欢吃她做的茄子肉丁面，另外一个朋友喜欢吃她做的素冒菜，她公司的营销妹子则表示表姐做的蒜蓉粉丝扇贝可真叫天下一绝。

我呢，最喜欢吃她做的烤鸡翅。

因为这个烤鸡翅跟别的菜不同，吃起来特别有意思。

对，不仅味道好，还有意思。

要想吃到这份烤鸡翅可不简单，要想好吃，可不容易。

配料如下：

吃肉得抢的狐朋狗友N名。

超市鸡翅N+1盒。（注：N为狐朋狗友数。）

烧烤架1个、作料刷2只、露营灯3架、无烟炭4包、啤酒作料杯盘若干。

荒郊野外，月黑风高露营地一处。

恐怖故事若干。

鸡翅烤好之后，向不能来的朋友炫耀“我现在吃得可好了，朋友你呢”，彩信数不清条。

爱是天下至味，是烹制食品最好的调味料。

有一次吃烤鸡翅，露营的地点选在古北口，前面是一条河，河对岸就是古北口长城，黄昏的时候望过去，苍青色的箭楼上，像是有大团的云在烧。

大家从车上下来，七手八脚把东西搬下来，就有点儿茫然不知所措——接下来该干吗了。

表姐一看，眉头一皱。

表姐职场通达，在上市公司里功成身退，自己出来开了一间公司，虽然小却也算干得有滋有味，她这么个职场强者看不得这么乱成一锅粥，立刻拿出自己昔年的气魄，口手并用，吩咐下去。

A和B去搭帐篷，C和D去把带来的菜和肉洗干净，E和F是男生力气大，去提两桶干净的水上来，顺便把啤酒放在水桶里，放下井里头冰上。

等C和D洗干净肉菜，E和F提水回来，A和B也搭好帐篷了，正好，E和F去串鸡翅，A和B去串素菜，C和D呢，把手擦干，和她一起准备调料碗碟。

先弄好菜的人呢，就去生火，火一生起来，正好把烤架一架，她居中坐在她的专用小马扎上，像个皇上一样，君临烤鸡翅。

她烤鸡翅有秘诀，就是用大量上好的蜂蜜。

先滴点儿油水上去，再抹盐，再裹一层蜜，再抹盐，就这么一层一层刷上去，整只鸡翅都金灿灿的，蜜汁浓得欲滴不滴，有那么一点点吝啬地滴下去，火堆里嗞的一声，一股浓香瞬间爆开，馋虫就从喉咙里伸出手来了。

辣椒粉是早就预备好的，不是市面上那种，是自己家做的，里面是自家磨的芝麻粉、胡椒粉、花生碎，扑鼻的香，再加上孜然粉，最后烤鸡翅金黄酥焦，嗞嗞冒油，上面裹的蜜甜得能把蜜蜂招来，这时候，辣椒粉和孜然一混，往上一撒，瞬间香味儿就爆出来，围着的一群人眼睛就立时绿了。

鸡翅到手，最外面一层像烤鸭的皮一样酥脆，裹了浓厚的蜜，上面又是一股鲜辣的椒盐，往下一咬，最上面一层的肉烤得有点儿焦，口感好得不得了，再往下深入，之前渗进去的蜜汁和盐味儿就泛上来，又烫又鲜甜，舌尖上还有点儿脆皮和椒盐的余韵，肉又嫩得不可思议，在喉咙那里，简直就是滑下去的一般。

最妙的是，鸡翅很小，就不会餍足，能充分享受到美味却又不会生厌，恰到好处，一抹嘴只觉得意犹未尽，只想再继续吃下去。

一群人热络络地忙活一番，人人都额头有汗，多少都有点儿肠胃咕噜咕噜，闻着勾动肚子里馋虫的肉香，一群好朋友围坐四周，大家聊着天，也不觉得时间过得慢，真是又焦急又舒服。

东西好吃，第一，取决于和谁在什么地方吃；第二，得是大家一起动手，这才好吃。

这愉悦的两难不会很久，片刻工夫，大家吃上了热腾腾的烤翅，就着冰好的啤酒，聊着天。晚风习习，虫鸣蛙啼，真是诗情画意与鸡翅并存，美到不行。

说到吃表姐的鸡翅，那可叫一个血腥，表姐实施的是供给制，就是烤好一串两只鸡翅，挨着的两个人分，不许自己伸手，不许多拿——为什么这么严格，其中有一则逸事。

那是实施供给制前，有一次一群人出来吃烤鸡翅，疯了一样地抢，那架势跟恶狗抢食不相上下，表姐看了看，估摸一下，觉得自己可能都捞不着吃，就果断拿起一串鸡翅，在还没烤熟的鸡翅上挨个儿咬了一口，心想这都沾过我的口水了，你们总不能这么丧心病狂连这也抢吧？

——她还真低估了这帮人的德行，就是这么丧心病狂。

当表姐洗个手回来准备享用自己的鸡翅时，她发现，她咬了一口，还夹生的鸡翅，它没了……没了……了……

从此之后，表姐果断采取了供给制。

跟表姐吃烤翅，就是特别开心，因为是大家一起动手。

所有人都动了手，所有人都吃得开心。

表姐的名言一：东西好吃，第一，取决于和谁在什么地方吃；第二，得是大家一起动手，这才好吃。

她坚信，自己在烤鸡翅这个领域里，是一个厉害的项目经理，以“人家都吃到好鸡翅”为目的，所有人都是为了这

个目标而努力，她则负责分配每个人来做什么。

表姐的名言二：要是能完美地组织好一场十人以上的烤鸡翅，就能组织好一个五个人的工作项目。

鸡翅，乃项目也。

但是若只是做菜好，还算不得什么，表姐的与众不同就是能让别人做得也好吃。

表姐有一个经典案例，她有个发小儿，我们姑且叫她赵姑娘。赵姑娘家境优越，从小娇养，是个十指不沾阳春水、君子远庖厨的人，大学毕业之后去了国外念书，没到一个星期就不干了，说不行，待不下去了。

朋友打听清楚，原来是在外头饮食不惯，自己又不会做，已经饿了小一星期了，表姐当机立断，让赵姑娘上网把视频打开。

视频那头，赵姑娘好一个梨花带雨、腮染薄愁，据说饿得走路都有点儿赵飞燕掌上翩跹的意思了。不等她诉委屈，表姐说，先把笔记本电脑搬你厨房去，给我看看你厨房里有啥。

这么娇养的姑娘厨房里能有啥啊？一眼望去，油、盐、面粉、鸡蛋、一锅米饭——米饭估计还是房东老太太帮煮的。

表姐想了一下，跟赵姑娘说，来，我一个口令你一个动作，明白吗？

赵姑娘点头，表情凝重如临大敌。

就这样，折腾了两个多钟头，赵姑娘生平第一顿自己做的饭端上桌面。

战果计蛋饼一份、蛋花汤一份、蛋炒饭一份——端着鸡蛋开会的赵姑娘，看表姐的眼神简直跟看亲妈一样。

表姐此时大气地甩了她一封邮件，让她按着单子去挨样采购，买回来之后，发她食谱，照着食谱做。

表姐的食谱，是用爱写成的。

她为自己这位朋友准备的食谱，全部都是最简单的食材和调料，然后步骤简单，并不像是一般的菜谱那样，冷冰冰地告诉你肉500克、黄酒300克、盐10克这样，她会告诉自己这位不谙家事的朋友，做红焖羊肉的时候，先剥两根葱，剥到指甲一掐可以进去的嫩度，洗干净拍扁，切成四五段，再来一块你掌心大小的姜，拍得扁扁的，拍散，好，放在一边。

然后你处理肉，你要一遍一遍把羊肉淘洗干净，到什么程度呢？要清水里不见血丝了，好，你可以把它捞起来了，先切成两指宽的条，再横切成两指宽的块。

对对，就这么把它们拢一拢，放在案上，你再把锅架起来，就用我给你指定的那个有刻度的油壶，倒25克出来。

我们把火调到中火，把油烧开，什么叫烧开呢，你把手臂平伸过去，在锅口上能感觉到一点点热度，下面的油不冒

烟，把之前的葱姜倒下去，翻动四五下，空气里出香味儿了，把羊肉倒下去炒，炒到羊肉微微缩紧泛白了，倒酱油下去翻炒，肉都变成酱色，这量就对了，再放料酒下去，别管几瓶，玩儿命倒，别惜着，你瞅着料酒得没过肉，看咕嘟开了，把火打成燎着锅底的一小朵就行了。

接下来？接下来你进屋里玩儿去了呗，四十分钟后来看锅，锅里要是还有水，就把火调大，你就翻着，卖力地翻，直到汁液浓稠到你想要的程度，就可以起锅了。

注意，别煳底，勤翻。

我当时看了食谱就说，这里面调料可挺少，表姐表示，当然得少了，不然她那美国大乡下哪里买得着四川郫县豆瓣酱啊，有老干妈就不错了。

现在再看这份菜谱，里面满满都是体谅与温柔。

朋友不谙厨艺，不懂计量，她就样样考虑周到，摒弃一切烹调术语，一切度量衡，努力用最简单的话，用最简单的方式告诉对方：对，你这样做，没错，你看，它非常简单吧？

她不会告诉朋友，把羊肉切成两厘米见方，只会说，两指宽，初下厨的人第一次抓刀，心里没底，哪里知道两厘米见方是多大，两指宽却是自己拿手比一比就可以。

她刻意减少步骤，减少作料，体谅朋友购买不易，又免得朋友手忙脚乱，顾此失彼，她选了一个烹饪时间长的菜，足够朋友照顾得过来，又可以抽些时间去做其他的事。

她就是这样仔细地筛选着给朋友的食谱，让她的好姑娘在大洋彼岸也吃上了好吃的家常饭菜。

按照表姐的话说，做菜就跟做人一样，你得体谅，得多为对方想想。

比如请客到家里吃饭，你就得顾虑到吃你做的菜的人都喜欢什么。并不是说你兴致勃勃地做了一大桌你的拿手菜出来，就算你请客请舒服了，那假如你最擅长红烧排骨、红烧

做菜就跟做人一样，你得体谅，得多为对方想想。

蹄髈，可恰巧来做客的人他吃素，你说这一桌是你吃啊还是他吃啊？

请人吃自己做的菜，想要传达的，无非是“你很重要”这样的想法。

我们是动物呀，虽然是高等的，但是还是动物。我们从婴儿那么小，接受妈妈的喂养，再到大，每天三顿，吃着维持生命的食物，吃饭这件事，已经不仅仅是为了生存。

对于生物而言，共享食物在某种意义上，是最亲密的行为。

比两只猎豹轻轻咬住对方的喉咙玩耍，比小老虎追咬母亲鞭子一样的尾巴嬉闹，比母狮舔舐自己的幼崽这些行为，都要来得亲密。

我想和你分享我做的食物，这些食物是我亲手买回来，亲手洗好，擦着额头的汗，围着围裙，在厨房里花了几小时辛辛苦苦做出来的。我在起锅的时候尝了一口汤，端上来的时候其实心里忐忑，只怕这浓淡不合你的口味——这些都是多么棒的事。

那就温柔一点儿吧，从头到尾，都充满自己的心意，放好盐，撒好嫩葱的末儿，再铺上厚厚的爱。

表姐便是奉行这么个原则，烹调着自己的菜，走在自己的路上。

浓情菜肉大馄饨

文/雪灵之

黯然销魂红烧肉，百般无奈熘肝尖

文/社社

了不起的蒸蛋

文/小熊不二胖

一切有情，
依食而住
Kinship

浓情菜肉大馄饨

文/雪灵之

妈妈看我吃饭的时候，也应该是外婆现在这样的眼神吧？欣慰、疼惜又有一种属于母亲特有的专注。或许这种眼神，才是让“妈妈菜”超越世上无限美食的奥秘所在。

岁月从妈妈的心底流过，那个站在巷口送她远行的妈妈，也终于完成自己平淡而又伟大的一生，女儿精心制作着妈妈曾经精心制作给她的菜肉馄饨，也算是用另一种怀念的方式，送母亲远行。

做法

荠菜用水焯一下，剁碎；鲜肉剁馅；加少许料酒、精盐、姜粉、糖、老汤精、蛋清，搅拌均匀，制作。

那一年正好有半年长假，和妈妈去外婆家所在的城市租房小住。妈妈年少离家，在远隔千里之外落地生根，这么多年来每次回娘家都碍于种种原因，来去匆匆，能这样闲适地在娘家附近租房住上几个月，格外欣喜。

原计划前一天下午四点到，却因为飞机延误，拖到第二天凌晨四点才到，租房的钥匙在小姨手里，妈妈只得打电话把小姨叫起来。

四月的江南阴晴不定，凌晨下起淅沥飞飘的小雨，狭窄街道两边的路灯寂寥地挺立着，灯光也疏淡懒散。人们还在沉睡，街道冷清萧索，与白天的熙攘繁闹完全是两番模样。

偶有早起的人，骑着自行车不慌不忙地穿行在灯光和梧桐的阴影中，发出轻微的叮当声，好像一下子把时光牵回了几十年前，汽车还没泛滥的时代。

妈妈仰头看着黑沉楼房里零星亮着灯的窗户，突然感慨地说：“和我离开时太不一样了啊……”

我被旅程折磨得疲惫不堪，半死不活地坐在行李箱上，听了她的话，有点儿好笑，调侃她也不是第一次回来，才觉得沧桑好像有点儿太迟。

妈妈也笑了，说凌晨回来还是第一次，平常没心情能这样仔细地好好打量周围。她抬手一指通进回迁小区的蜿蜒马

时光有时候就是这样的小针，一下子刺入背井离乡的人心头最脆弱的地方。

路，告诉我在她小时候这条路一直通到她家门口，路旁边是家咸菜厂，用竹片编的围墙挡在路的一侧。

外婆家的老房子我依稀还有点儿印象，灰色粗糙的外墙，粉刷了半截儿白墙围，木窗框和木门是红色的，时光让它们斑驳，却别有韵味，门前有棵高高的枣树。

“那时候哪有这么多的楼……”妈妈看着小路，像是从错落的楼房中看穿了时光，又望见了她年少时那片充满南国风情的老旧青砖瓦房。

外婆和小姨快步从小区里走出来，我高兴地从箱子上跳起来准备招呼，却发现妈妈异常沉默地看着外婆和小姨从眼前这条充满记忆而又似是而非的路上向她走近。

会不会很多年前的某一天，她的妈妈和妹妹也这样沿着小路从家里匆匆赶来接她？

眼前的外婆已华发丛生，步履蹒跚，小姨也不再是只到外婆肩头的小姑娘，而是壮硕的中年妇人，扶着外婆，成为外婆的依靠。

时光有时候就是这样的小针，一下子刺入背井离乡的人心头最脆弱的地方。

外婆叫了声妈妈的名字。

妈妈迎上去，搀住了外婆的胳膊，我原本以为她会说几句温暖的别后重逢的话，结果妈妈像数落我一样数落外婆不餐桌上外婆看妈妈吃馄饨的神情，让我也终于体谅了这样过时的示爱方式。

该大早上跟着小姨出来，天冷路黑，摔着了怎么办。

外婆只是看着妈妈，微笑着不回嘴。

“你就该好好睡觉，按时起床，别弄乱了生物钟。”妈妈几乎有些抱怨，“我这么大个人，就算没按计划到，也不会有什么事的。”

外婆摇了摇头，笑着问妈妈：“你的女儿半夜没回来，你不担心，你能睡得着？”

妈妈一下子说不出话，愣愣地看着外婆，她当惯了操心的妈妈，有些忘了自己也是令人操心的女儿。

“想吃什么？我给你做。”外婆笑了，轻轻拍了拍妈妈扶着她的手。

妈妈想了想：“就想吃妈包的菜肉大馄饨。”

南方人把纯肉馅儿的馄饨叫小馄饨，相比之下体形较大的加菜馄饨就叫大馄饨了。

小姨听了笑出声，得意地说："妈一猜就知道你想吃这个，从小到大你都爱吃，皮和馅儿都准备好了，原本打算昨天晚上就包给你吃的。"

外婆含笑摇头，吩咐妈妈和我："你们先把行李放好，我这就去菜场买新鲜的肉和荠菜，还是现做的好吃。"

妈妈和小姨都说要跟她一起去，正好我对菜场毫无兴趣，就承担了安置行李的任务。

租住的小屋被收拾得干净贴心，小姨电话里说过的，外婆很是费了番心思，大到窗帘，小到卫生纸，都亲自挑选购买，时不时还到房间里环视检查，想想还有什么需要准备。女儿远嫁，能有机会回她身边长住，对她来说也是极为珍贵的重逢时光。

简单地摆放好衣物用品，天也在不知不觉中大亮，连雨都停了。我趴在临街的窗户看苏醒过来的街道和住宅区，哪还有刚才的萧索？公交车频繁往来，发出负重的轰鸣，林林总总的行人充斥马路，各有各的忙碌。

仅仅半个多钟头，生活的节奏却被拨快了好几个挡位。

外婆被两个女儿一左一右簇拥着出现在街角，三人手里都提着装菜的塑料袋，不知道在说着什么，和左右与她们擦肩而过的行人似乎没有什么不同，但她们脸上洋溢着温暖的笑容，让街上的繁闹嘈杂似乎戛然而止，从梧桐树上洒下来的晨光好像都集中在她们身上，和煦明媚。

急躁忙碌的都市生活，总好像有太多的欲望、太多的目标，大家都停不下匆匆的脚步，奔向自己给自己设定的战场，总觉得只有达成了某种愿望才能获得成功和满足。其实要能停下脚步，看看一直默默陪伴在身边的亲人，或许只是说笑着一同去买菜，也是最实在最温暖的幸福，能填补我们心中最孤独最寒冷的一小片空洞。

妈妈抬头看见我，笑着向我招手，要我也一同去外婆家包馄饨。我看着她们的笑脸，连连点头，我也想加入到这亲情的温暖中去。

外婆和外公生活节俭，家里还放着积年的老家具舍不得扔，两张颇有古意的大方凳我小时候来做客时就见过，它们还暗沉沉毫不起眼儿的放在角落里。妈妈走过去搬了一张出来，摸着古朴模糊的花纹，叹息说："我小时候总坐在这凳子上写功课……"

外公点头，说好几次搬家都舍不得扔掉它们。

或许外公外婆舍不得的理由中，最大一项是这些老旧的家具中有太多回忆，儿女们长大，陆续远走他乡，只有曾陪伴孩子们的物件还留在身边，怎么忍心丢弃？

小姨已经把新鲜的荠菜摊放在临窗的桌子上，窗外是阳台，外公就坐到阳台的椅子里，边看我们择菜边吸烟，时不时还搭几句话，清晨显得热闹温馨。

妈妈和小姨早已是做家务的好手，择起菜来驾轻就熟，几句家长里短的闲话的工夫已经把荠菜收拾得妥妥当当。

外婆把荠菜放进一个小小的竹篾，要拿去厨房焯熟。妈妈和小姨都说她们去弄，但外婆坚持要亲自来，阳台上的外公也掐灭烟头，帮腔说："就让老太婆弄吧，这顿她一定要亲手包的。"

妈妈和小姨相视一眼，了然地笑了笑，跟着外婆进厨房看她做馅儿。

岁月从妈妈的心底流过，那个站在巷口送她远行的妈妈，也终于完成自己平淡而又伟大的一生。

外婆把荠菜洗好，浅浅焯熟，剁馅儿的时候荠菜特有的清香飘了满屋，再与剁好的肉馅儿混合，很仔细地放入几味调料。她的两个女儿就在旁边静静地看着她，像在学她怎么调味，又像在回味小时候姐妹俩看妈妈包馄饨的情景。

外婆用筷子挑了一小点儿荠菜尝了尝，很满意地点头说："正好。"

一大碗菜肉馅儿被端回临窗的桌子，两叠买来的馄饨皮儿也整齐地码放在薄菜板的一角，外婆把一碗清水放在菜馅儿边，母女三人落座开包。从家里亲戚的新鲜事说起，闲谈是包馄饨的最佳伴侣。三双母亲的手，熟练地挑馅儿，对折馄饨皮儿，用手指沾一下清水，涂抹在馅儿料边缘的皮儿上，再对折，把角捏合，一个漂亮的馄饨就包好了，被细心地排列在整齐的队伍中，组成一家人美味的早餐。

最后一张馄饨皮儿包裹上最后一点儿馅儿料，"正正好好！"小姨十分得意地小声欢呼了一下。

"都包了一辈子馄饨了，这点儿把握总还是有的。"外婆淡然地说，像深藏不露的大师。

妈妈点头肯定，炫耀似的对我说："以前在老房子的时候，你外婆每次包菜肉馄饨都要包好多，送给邻居们，你外婆的手艺是远近闻名的。"

外婆微微出声把馄饨数了一遍，点头自语道："够吃了。"

“妈妈，以后我陪你一起包馄饨吧。”我终于忍不住出声。

妈妈有些疑惑，说这里有几个人，恐怕不够吧。

“够了。”外婆非常肯定。

馄饨在锅里翻滚了一会儿，已经煮好。汤头是另外盛在碗里的，几味调料和一些香葱的细末，用煮馄饨的滚水冲开，浓淡适中，清香扑鼻。一碗好的汤底是馄饨成功的重要指标，不能太浓显得油腻，不能太寡淡减低馄饨的口感。

第一碗端给辈分最低的我，“慢慢吃，小心烫啊。”外婆特意从厨房探出头来冲我喊了一声，好像我还是小孩子，在她的眼里，所有的后辈都是长不大的。

几碗馄饨陆续上桌，外婆还留在厨房里忙活，说是要煮第二锅。

妈妈皱着眉，轻手轻脚地走进厨房，证实了自己的猜想，像抓到小偷行窃般很凶悍地大声说：“你果然这样！”

原来外婆把新包的馄饨给我们吃，偷偷煮昨天包好的，准备自己吃。

“你刚才说够吃，我就觉得纳闷儿了。”妈妈不太高兴，“我吃这些吧，你去吃新包的。”

外婆摇头反对：“没有坏，也很好吃，我和你爸爸有时候一顿吃不掉，也放到第二天吃，这有什么关系？”

妈妈的声音不知不觉更高了：“不行！你这样做，让我这个当女儿的心里怎么能过得去啊？”

外婆又看着妈妈说不出话了，无奈地笑了下。

小姨凑过去，摇头看着外婆和母亲，好气又好笑地说：“这有什么好争的呢？我来吃掉总好了吧。”

最后，旧馄饨被大家平均分吃才化解了这场纠纷。

旧馄饨因为放置得有些久，菜的水分流失，口感有些柴，可是大家仍旧吃得津津有味，因为这里有一位母亲对家里其他成员的爱和自我牺牲。

虽然妈妈大声地说了外婆，十分不赞同的样子，可我觉得外婆的这个理念一五一十地传给了女儿。每次妈妈给我做菜，也是把最好最新鲜的给我吃，自己把剩菜偷偷吃掉，怕被我发现，还在厨房里把剩菜拨到自己碗里。如果她发现我特别爱吃桌上的某道菜，立刻就会不再下筷，笑眯眯地看着我吃，还鼓励我全部吃掉，装作自己已经吃饱了。

在外婆和妈妈的年代，饭菜不够吃，要让孩子们尽量吃饱是妈妈们的心愿，可是到了现在，物质相对富足还要这样，有时候的确令人困扰，我也经常为此发脾气。所以妈妈对外婆说的那句“你让我这个当女儿的心里怎么过得去”，我真是感同身受。甚至妈妈对外婆嚷的时候，我很解气，原来她也知道啊！

可是餐桌上外婆看妈妈吃馄饨的神情，让我也终于体谅了这样过时的示爱方式，把自己最好的东西留给孩子才是这种行为的初衷。

妈妈看我吃饭的时候，也应该是外婆现在这样的眼神吧？欣慰、疼惜又有一种属于母亲特有的专注。或许这种眼神，才是让“妈妈菜”超越世上无限美食的奥秘所在。

几年后得知外婆过世的那一天，妈妈很沉默，拒绝我与她同行，独自去买了肉馅儿和荠菜回来，一个人慢慢地择，慢慢地调和馅儿料。

我没去打扰，也不忍去打扰。

妈妈包得很慢很慢，完全不同于她平时做家务的干净利落，我很怕她失声痛哭，但是她没有，一直很平静。

岁月从妈妈的心底流过，那个站在巷口送她远行的妈妈，也终于完成自己平淡而又伟大的一生，女儿精心制作着妈妈曾经精心制作给她的菜肉馄饨，也算是用另一种怀念的方式，送母亲远行。

妈妈把馄饨整齐排列成行，用指尖轻轻地从每一个馄饨上滑过，轻轻地叹息了一声。

这声叹息如此孤独，今生不再有机会和母亲像从前那样，在临窗的陈旧桌子上说笑着包馄饨，不再有机会让母亲用那样慈爱的眼光看着……

“妈妈，以后我陪你一起包馄饨吧。”我终于忍不住出声。

妈妈点了点头，看了我一眼。

她失去了妈妈，但她还有女儿相伴。人的生老病死如此

人的生老病死如此残酷，正因为有这样爱的传承，才让人坚强地继续走下去。

残酷，正因为有这样爱的传承，才让人坚强地继续走下去。

馄饨煮好，冒着热气放在妈妈面前的桌上，她用勺子轻轻地搅着，希望汤能快点儿不那么烫。

“知道吗，你外婆包的馄饨在邻居中非常有名，每次包……”妈妈喃喃重复。

我总嫌弃妈妈唠叨，自己说过的事总是忘了，反复说起。可这次我很认真地听，妈妈在重复这些的时候，也陷入

记忆——几排青砖瓦房、高高的枣树……那是她的童年。笑眯眯在厨房操持家务的外婆，在她放学回家时端出热腾腾的馄饨，嘘寒问暖，也带她去邻居家送馄饨，亲亲热热地和邻居们闲聊说笑几句，外婆拉着她的手回家，略微粗糙的手带来难以言喻的踏实和心安。

妈妈舀起馄饨吃了一口，皱眉说：“没有你外婆包的好吃……”话还没说完，眼泪已经滚珠一样掉落。

女儿对母亲的依恋，超越时光和生死，是永远斩不断的思念。

那次妈妈哭了很久，我甚至不知道该怎么安慰她，只希望眼泪能带走她心底的哀伤。

外婆葬在老家的墓园，一次清明，全家都去扫墓祭奠，儿孙们也有十几人，从全国各地赶回来，集结在一起。

墓园在远郊，路上经过成片成片的油菜地，清明仍旧是微雨蒙蒙，阴沉的天空下，漫山遍野的油菜花仍旧开得炽烈繁闹。

妈妈紧抱着小小的保温桶，看着窗外美丽的景色，满意地说："这里很漂亮，妈会喜欢的……"

浩浩荡荡的一行人拿着祭奠用品走进墓园，混入前来祭奠先人的人潮中并不触目，倒是妈妈提着的保温桶引来了好些人好奇的眼光。

在外婆的墓前，妈妈拿出碗筷，把起早包好的菜肉馄饨仔细地倒进碗里。她看着墓碑上外婆的照片，默默地不知道在对自己的母亲说些什么。

焚好了纸钱金箔，家里人收拾干净准备离开，妈妈和小姨还站在墓前，沉默哀伤。女儿对母亲的依恋，超越时光和生死，是永远斩不断的思念。

我上前拉住妈妈的手，希望她知道她并不孤独。

妈妈冲我淡淡地笑了笑，表示她明白我的意思。

妈妈走在一群人的最后，我听见她小声地对着墓碑说："妈，现在我包的菜肉馄饨和你一样好吃了。"

我停下脚步等妈妈赶上来，拉着她的手要她小心路滑。

回去的路上仍旧繁花似锦，我想外婆在天上一定很欣慰，虽然她再也无法包馄饨给自己的孩子吃，却把美味的秘密传承了下去。

黯然销魂红烧肉，百般无奈熘肝尖

文/社社

01

我总是觉得，跟家族有关的记忆里，食物是最重要的载体。我的回忆从这食物而来，也从这食物而去。那些人，那些事，那些吃在嘴里记在胃里的色香味，谁管得了明天？这样的生活，过一天，算一天。我记住的、消失的、模糊的、清晰的种种往事，大多数都跟食物有关。家里还有什么呢？吃完饭以后，我也不知道。我记住的首先是味觉，唯有味觉。

2011年的12月23日，我从长沙回到了宁夏银川。我已经十年没有出现在这个时候的银川了。“孤独之时，你欲何

往？有我相随，黯黯星光”，雷恩·亚当姆斯如是说。高考是我的救命稻草，我从银川逃到衡阳，又从衡阳逃到长沙，又从单位逃到住处，又从住处逃回故乡。

逃离是我人生重要的课题，但苦难也是。

所以，食物在任何生活的重要时刻都起到了巨大的安慰作用，用热腾腾的食物填补心的破洞，如果没补好，那一定是吃的食物不够多。我这样想着，一边让体重放肆地长到248斤。待到我发现的时候，似乎体重秤上的数字变成了降妖的符咒，而我则是在人间兴风作浪的妖怪，看到那圣洁的光就

我总是觉得，跟家族有关的记忆里，食物是最重要的载体。

会不由自主地露出原形。

真是……圆啊。我变成了一个“肉立方”。

到家的时候，已经是深夜一点，出租车行至我家的小区，我竟不认识路。打电话给我爸，十分钟都没法说清家究竟在哪儿，出租车师傅很生气，认为我耽误了他工作。

“没见过你这种儿子，连自己家都找不到！”那位光头大哥怒吼一声，把我和行李扔了下来。我站在寒风中瑟瑟发抖，自觉像一只苦海孤雏。

上飞机之前，我的牛仔裤里只有一条秋裤，而飞机终点站的天气预报写明了，“银川 -18℃”。我按照记忆里模糊的样子，往家的方向走去。这几年我没怎么回过家，我妈偶尔去湖南看我，加上街道改建，周围的建筑物都是俄式的大而无当，我像是到了异国，四肢发冷，又困又饿，内心恐慌。我妈去了旁边的小县城打工，每星期回家两天，这天是星期一，我只能指望我爸来指路，回家前就因为这个忐忑不安。我跟我爸的关系一直不好，坦白地说，所有人跟我爸的关系都不好，他暴躁、没耐心，虽然读了很多书但是更加蛮横无理。我一直觉得他痛恨这个世界。只苦了我妈，她一力承担了家里大小所有事务，没人帮她，渐渐地，她成了超人。有一次妈妈跟我感慨："儿子，妈妈是不是很了不起啊？男人干的活，女人干的活，我都干得好。"我在电话这头点头如捣蒜地说："对对对，您是上能补天，下能淘粪，您是世界上最了不起的女人。"——我对我妈向来都很谄媚。

可是这个晚上，我只能指望我爸。

路上好冷，我好饿。这段时间我都在减肥，前不久到福建出差，回到长沙以后，我飞快地胖了八斤，又以同样的速度瘦了下去。这样真是痛苦，但以我的体重基数来说，似乎九牛一毛，也因此，一起生活的人并未发现我脂肪的起伏。他们甚至无法察觉我当天的情绪，但，我也无法察觉他们的。即使在一起生活，我们也似乎互不关心，只擅长各自为政。这些年，我已经习惯跟不同的人租住在同一套房子里，偶尔照面，大多数时候在自己的房间里坐井观天，以梦为马。

太饿了，太饿了。这时候我只想吃一口热气腾腾的白饭，加一点儿肉臊。以前看《康熙来了》，有人推荐台湾大排档的美食——肉臊饭。将猪后腿肉剁碎，大火快炒，加酱油。第一次试做的时候，我还放了香菇和杏鲍菇，然后加冰糖用砂锅细细炖了半晌。

用来配饭，滋味美绝了。烫几片青菜佐餐，用烫青菜的水加一点儿虾米、姜末和米豆腐，出锅的时候打一个蛋花，放一点儿葱花、香菜、碎芹菜叶子，滴芝麻油，撒白胡椒粉、一点点盐。

这真是孤独的人面对孤独的世界用食物为自己建筑的最后一道堡垒，用异乡的食谱，催出一江春水的思乡泪。

四下黑洞洞的，一边胡思乱想着，一边摸索着回家的路，远处的楼道响起了开门的声音，紧接着楼道灯也开了。我看着我爸慢腾腾地出现在楼道口，上半身裹着羊皮大衣，下半身穿着秋裤，他也在四下张望着。

我喊了一声：“爸，我在这儿呢，我回来了。”

02

我家的新房子是一楼，因此，窗外过往行人让我的“看人癖”得到了十足满足，尽管因此我不能裸体在自己房间自在地生活。比如暮色四沉后窗外侧面射来一道黄色的车灯光，那时候我感觉电影感十足，在这样的城市，在这样的回忆中，即使失去什么也会觉得毫无遗憾。

睡了一夜，被房间里的暖气热到鼻血横流，赶紧吃降火的银翘片，等到意识恢复，已经是十二点半。

下午的时候，我要去办宽带，但爸刚好要出门，就委托他去，还写了便笺，尽管我知道，他到了营业厅肯定要打电话问我。他满口答应，迅速换了衣服就出门了。我家是一楼，在卧室里，我很容易看到过往居民行走的样子，这是我向来的消遣，跟有些人赏鸟看鱼的乐趣一样，我喜欢看人。出门前，他说："今天咱们包素馅儿饺子吧，用韭菜和豆腐干。"我不太情愿："我不爱吃饺子，而且刚回来我不想动手啊！今天，你自己来，好好包。"他满口答应。

我爸戴了帽子，背着一个黑色小皮包，里面是他的电话、钱和各种小零碎，步履蹒跚地慢慢向前走。2007年的时候，刚刚做过脑血栓手术的他骑自行车被一辆公交车撞断了屁股上的骨头，从此落下病根。我知道这一切，但我从未认真观察过他现在的步态。缓慢，身体前倾，小步慢蹭。这种陌生的衰败感瞬间让我变颓唐，我想起他以前大步流星一路向前狂走，嘴巴里念叨着各种内心戏的台词，手指不停搓着弹着，我和我妈因此提醒他告诫他阻止他无数次，未果。

那些都消失了，他真的老了。想起过往种种，我躲在房间里泣不成声。

这次回家之前，我买了Wii（任天堂游戏机），准备跟我爸一起打网球。我们都有乒乓球基础，十三岁那年，他在小院里给我垒了一个乒乓球台子，从那以后，我开始练球。妈给我买了一盆乒乓球，一个人在家的时候，跟着CCTV-5当时的乒乓球教学节目练发球，正手、反手、上旋球、下旋球、侧旋球、奔球、高抛球、低抛球……我一个人自得其乐，不是不孤独，小时候朋友少得可怜。这跟我爸性格古怪有关，我爸痛恨所有的小孩儿，以至于所有同龄人都不愿意跟我玩儿。

前几年回家的时候，只要一坐下，他就说，儿子，电视不看关了行吗？这是他每天都要说的话，而他说的时候，往往是我和妈正围坐着看得来劲热火朝天乱骂剧情的时候。他只是没话找话，他孤独。

过了十几分钟，他打电话告诉我，宽带没有办成，电信和铁通都不行，我家小区只有我们这一栋楼的线不够，电信说年后才能办，铁通则无消息。我说，那您就回来吧，咱们

用热腾腾的食物填补心的破洞，如果没补好，那一定是吃的食物不够多。

早点儿吃饭。他说好。

回家的时候他买了煎饼："儿子，爸爸买了煎饼，咱晚上吃煎饼啊。"我说："您不是要包饺子吗，我都做好心理准备了，怎么您又变了。"他不吭声，我知道他懒了。他迅速做了个鸡蛋汤，烧开水，放了韭菜碎、西红柿丁，然后直接打了鸡蛋进去，一些蛋清变成了蛋花，而蛋黄则变成了荷包蛋。他贪省事，水一开放盐就关火开吃，荷包蛋都是溏心的，没熟。我嘟囔了一声，他没理我。

他吃饭的时候我在写稿，然后看书，没有胃口。才六点而已，我已经很不习惯六点就吃晚饭的作息时间了，这个时候吃了，那晚上我干吗呢？磨蹭到十点，我热了鸡蛋汤，拿了俩煎饼，卷了我妈腌的韭菜花，还放了个水煮蛋进来，卷巴着吃了。也不想写稿，真无聊。

当天晚上，我辗转反侧，头一天睡得太晚所以起得太晚，于是，子夜十二点以后，我顺理成章地失眠。失眠是我回归自己的出口，也是我跟自己无休止地兴致勃勃地较劲。当我精神好不困的时候，每到十二点，我体内的生物钟就会叮的一声开启全天高潮模式，我会在这个时刻做些别人白天做的事情，比如跑步，比如打拳，比如写稿，比如做饭。

这个晚上，我做了一锅非常棒的红烧肉。磨磨蹭蹭地玩儿微博，玩儿Wii里的网球游戏，看了几页书，已经是深夜两点，我等待那个掌控我做饭的小精灵出现，然后我发了微博："我宣布，深夜红烧肉，现在，开始！！！"

立刻有人回复我："你是个疯子"，"你完了！！！"（头一天我才开始发微博说我在减肥），以及"夜来香红烧肉，超级赞呢！！！"

换了做饭的衣服，我走进厨房，里面还有十小时前爸做饭的油烟，他又把料理台弄得很乱，我收拾了一下，从冰箱里拿出一大块冻得很硬的带皮五花肉，开热水器的热水接起来，给肉解冻。现在四下无声，昼已成夜，米未成炊。我兴致满满，心平气和。

给肉解冻后，我换了一块不常用的小砧板，冲洗一下，找出切肉的厚重菜刀，开始给猪肉的皮刮毛——就算屠夫再用心，带皮五花肉上也一定会留毛的，只是看你会不会走运买到，如果买到，大可以次日给自己买张两块钱的体育彩票，权当庆贺。

切肉不容易，这块肉冻得梆梆硬，我前后划动着切，切肉的时候想着林青霞20世纪80年代末演过的一部电影，《今夜星光灿烂》。我听过黄耀明的这首歌，不知道原来有这么一部电影，导演是许鞍华，其他的演员有林子祥和吴大维。他们饰演一对父子，分别在林青霞的少女和熟女时期成了爱人，并且在发现彼此的关系后大闹一番，这一切的背景是

用异乡的食谱，催出一江春水的思乡泪。

1985年的香港，那时候政坛几多风云，资深政客受挫后说："我一直觉得在香港搞政治没前途，不是因为我输了才这么说，但有意义没前途的事情，总要有人做。"

一边想着，肉也切完了，都是五花三层的带皮小方块肉，红白相间，很可爱。我拿出炒锅，开小火把肉放进去干煎，一下下之后，再倒一小勺胡麻油，把肉块们在锅里摊开摊匀，保证每块肉都没有叠在别的肉身上。煎一面，翻一面，然后把肉盛出来。这时候，锅里已经积了相当多的猪油，我不关火，抓了一小把冰糖放进去炒糖色，都变成糖稀的时候，肉再次进锅。翻炒上色之后，我抓了一小把剥好的蒜瓣、一根大葱葱白、两小勺花椒、三个八角、两片香叶、一小块桂皮和姜进锅，然后放草菇老抽继续上色，也为了提鲜，然后是盐、黑白胡椒粉，翻炒均匀之后继续小火炖一下，等肉的颜色稳定以后转入高压锅。入锅以后，我又放了一把红糖上色，而且提鲜。总比味精好吧，我想着。

在西北做荤菜，高压锅成了人们的好朋友，其友情深厚度大概堪比羊肉、各类饼以及面条吧。我一直对高压锅心存戒心，一冒气我就害怕，小时候家里有个劣质高压锅炖羊肉爆炸，非常恐怖，满屋顶都是肉，从此给我留下了阴影。

坦白说，这是我第一次用高压锅炖肉。我让肉进锅，它们都安静地躺在那里，金红色，每一块看起来都如此可口，我双手合十，希望这一次要成功，期待又怕受伤害。在炒锅里加了热水狠狠搅了几下，让里面粘在锅上的酱料融化，然后倒入高压锅，小火炖十五分钟。

完成了这些，我回到客厅，一边看林白的《从北京到东营》，一边等待红烧肉完美谢幕。这本书是我上大学之前买的，当时只觉得林白文字绮丽，有诗意，这时候再读，有了别的感觉。她的执念真重啊，重到可以压垮所有的欢和乐，早就不是悲观，而是比那个更坚固硬朗的东西。

爸的呼噜声一声盖过一声，他在睡觉，我在做饭，这样的感觉很特别，也陌生。我知道，想到他的那种柔软和心疼，是因为我爱他。我开始学习接受这种情绪，太陌生了。

红烧肉做好了，我尝了一小块瘦肉，香到催泪，但我果断忍住了。关火收灶，我洗澡，跟同样失眠的朋友打了一个冗长的电话，沉沉睡去。

第二天睡醒以后，我爸已经出门溜达去了。我洗漱完毕，去做了一锅米饭，然后把昨天做的红烧肉热了出来，炒了个土豆丝，等他回家吃饭。

他回了家以后，看见桌子上的饭菜，也没说什么，呼哧呼哧地吃了一大碗饭。吃饭前，他先去剥了两瓣蒜。之前我听我妈说："你爸现在每顿饭都吃蒜，我烦死了，晚上睡觉的时候他嘴太臭了，我经常被气得换个房间。"当时我还乐不可支，亲眼见到的时候实在惊人，他真的把蒜当小菜在吃，一口半瓣。

"爸，您吃了蒜吃别的能吃出味儿吗？"

"我是为了给胃消毒，人老了胃就不好。"

一边说着，他飞快消灭了二又二分之一瓣蒜，红烧肉也吃得不少，还用了汤汁拌饭。"爸，我做的红烧肉怎么样？好吃吗？"

"挺可以的，可以。"吃完饭，他回了房间看电视。

我打扫完房间，去找他聊天。他的床特别大，还是我记忆中小时候的那张床，我曾经在他和我妈上班的时候在那上面看《隋唐演义》和《曼哈顿的中国女人》，并且因为是在期末考试期间而遭到暴打。

"爸，您现在退休了天天干吗呢？"

"没干吗。也没啥事，我能干啥呢？"

随便说说，跟他躺在黑夜里就聊了个把小时，回忆过去种种，一边听着郭德纲，他帮我按摩腰和脖子。我觉得，以前的好多事，都过去了，挺好。

我们聊起了王蒙、浩然、曲波、张洁、陈忠实、贾平凹，我小时候发高烧、他十六岁工作、他不如意的职场生涯、街坊谁谁两口子吵架要开录音机掩饰……“一晃眼就二十年了，我都快老了。”他现在什么都觉得好，因为那些不好的，统统被挡在自己的世界外面，由时间掠走，由我妈承担，他什么都不怕了。

03

我还记得，我爸做的熘肝尖曾经非常好吃，有时候放一点儿木耳黄花，有时候放一点儿蒜苗，有时候是大葱段和黄瓜，完全没有猪肝的腥臭，只觉得好香，好下饭。

如今，咬破一块他做的熘肝尖，里面是红色的。他只把猪肝在炒锅里炒一下变个色就盛出来，已经没耐心把菜炒熟了，不知道急急忙忙的他是要把时间剩下来干吗？我觉得他很可怜。

退休以后，我爸人生只剩下一件事——看电视。偶尔能在电视上看到我，他激动不已，得意忘形。想必亲戚们也很讨厌这样的他，就像讨厌其他时间地点出现的他一样。他一个朋友也没有，或者有，只是我没见过。一直到现在，他也没到退休年龄，还有两年。在那之前，他办了内退手续。刚刚退掉的时候，他积极地四处找工作，一直到某个煤矿办的私人铁路公司上班，尽心尽力。每个月多赚一千块钱，加上原本的工资和我妈的工资，大概也超过三千了吧。不过他很少放假，一个月才休两三天，所以放假的时候我跟妈会去看他。那时候我对他很热情，因为大学的我已经深知钱的可贵，多一点儿零花钱，人生就多一点儿快活。

那时候大概是我们家家境最宽裕的时候，这样想着，就不由得回忆起小时候家里存钱的窘态。我爸妈平时很少吃肉，素得不得了。当然他们不会亏待我，对我很好，让我尽量多吃肉，一直到高考结束的那个假期，我吃胖到220斤，人生从此无法告别“肥胖”二字。我妈很少买衣服，他也是。我们几乎没有娱乐活动，也很少聊天，除了在一起吃完饭听他讲那说过一万次的段子。

自从奶奶去世以后，上了大学以后的每个春节，我们都过得很冷清。没有老人，成年兄弟姐妹都有家了，只能各自为政。大年三十的时候，我爸、我妈还有我，蒸几块排骨，蒸一碗四喜丸子，做几个菜，一定要有哈尔滨红肠，一定要有熘肝尖。他对这个有执念，我妈痛恨所有的猪内脏，他擅长做所有的猪下水。还记得吗，以前我们自己卤了一个大猪头，切下来压了满满一锅猪头糕。

然后……没然后了。

这就是我们的春节，他一个人喝酒看电视吃饭可以到深夜，我跟我妈都觉得无聊，一个家庭就是一个政党，有人的地方就有左中右，我跟妈组团对抗他，但又不至于太过孤立，这个分寸我们把握得非常好。我们吃过年夜饭，就立刻去姥姥家看电视了。他一个人回忆过去，咒骂生命中的仇人，到了十二点就放一挂鞭炮。

他跟我姥爷不睦，准确地说，他跟我姥姥家所有的亲戚都合不来，加上他的哥哥和妹妹对他多有轻蔑之心，我们家也不爱跟别人家走动。

我对他的第一个记忆碎片是我三岁的时候。我找他玩，他在看报纸抽烟，我缠得他烦了，他就给了我一个耳光。再长大一点儿的印象是这样的，小学一年级的时候，有一次他下晚班回家，隔壁苏阿姨的儿子亮亮作业写完了，我还没有。他怒吼了几声，就给了我几个耳光。我瞬间流鼻血了，当时我很害怕，大哭了起来。我妈一看我流鼻血，就开始拦着他，顺便给我鼻子止血。长大了以后我猜他一定是工作的时候不开心，又没有朋友，也没有职业成就感，一直跟环境格格不入，他唯一能无所顾忌施以重拳的对象只有我。

他真可怜。

哦，不对。他最放松的时候，是跟我奶奶在一起。他是她的小儿子，她宠溺着他，一如他还是孩童。他是我见过最不耐烦的儿子，所有人，所有的地方，我观察了一下，他是个不高兴的人。在他母亲面前，尤其不高兴，动辄大吼，他最放松的时候，是跟我奶奶在一起。他是她的小儿子，她宠溺着他，一如他还是孩童。

“哎呀你别管我”，“哎呀我乐意！我乐意！我乐意！”等长大了以后我终于明白，他的那种怒吼，也不过是跟他的母亲我的奶奶撒娇而已。他生活在自己的世界里。从很小开始，我就在旁边看着他的这些举动，都觉得好尴尬。尤其是他的外甥女在旁边嗤笑的时候，我真是想瞬间自绝于世界。她是我表姐，跟我同岁，狮子座，家境良好，很会讨大人喜欢，我从小就讨厌她。高考的时候我比她考得好多了，这一点我们都很震惊。不过，幸好吧。

那些吼叫声是时光的沙漏，掐指一算，就到了这个年龄。

我们住的地方叫太西镇，以前叫火车站镇，因为火车站在这里，我爸妈都是铁路职工。铁路职工都很喜欢去大武口，或者去银川，或者去平罗县城，因为除了逛街，好像也没什么事情可做，有一段时间抓赌，所以连麻将也不敢打了。他跟我妈从不打麻将。

有一天，我们一家去大武口镇。那时候我高一，已经胖到180斤，俨然肉球。也因此，无论任何时候，只要一有机会，我爸就要用体重作为话题切入，狠狠地，一次一次地，羞辱我。当然你意识不到这个问题，他话很多，废话尤其很多，我妈有时候会抱怨他絮絮叨叨像个老娘们儿。

这一次，我们坐着中巴，在一个书店旁边下了车。那天他去买炒股的书，大概是五年前出的，我第一眼看到那本书就知道这是个大忽悠写的，不过我说了没用，他不听我的任何意见和建议。我就溜溜达达出去，一起走过这个十字路口，路旁有个老头儿摆摊，电子身高体重秤，称一次一毛钱。他让我站到体重秤上，那种体重秤是站上去会报出身高体重数字然后点评的，里面有那种女性电子音：“您身高1米70，体重185斤，您的体重超重，请注意锻炼。”

在无一熟人的大武口街头，我当时就崩溃了。“你难道不知道这样会让我很丢脸？”我气得一路狂奔，不知道跑到哪儿去。他跟我妈在后面追我，那一幕我觉得人生真是在狗屎堆里摸爬滚打，不管前面躲过多少坨狗屎，总有一坨狗屎会在你毫无防备的时候正面直击面部。总之我很生气，我两星期不跟他说话。

“张伟你等等！”

“张伟你给我站住！！！”

“张伟你别跑了。等会儿咱们去吃王中王饺子啊，别跑了。”这是我妈，她惊慌失措地尖叫，好像我在大武口跑丢了一会儿就会顺便搭上火车一直跑到他们看不见的地方。关于这一点我要做一下补充，我说过，他们在火车站工作，是铁路职工。因为工作的关系，每个月都会看到从大武口、平罗县城、石炭井跑来的中年父母，在火车站跟工作人员和铁警打听自己离家出走的孩子，一边叙述着孩子们的容貌，有些人还会哭起来，父亲的脸上则会露出尴尬的表情。所以我跑开的时候，我爸妈都以为我要趁机离家出走。

他们想太多了。我胆子超级小，又怕冷又怕热又怕饿又怕穷又怕坏人又怕尴尬，我什么都怕，哪里敢离家出走呢！我需要的是一个让我顺势而下的台阶，他们根本不懂，也不会懂，也不愿懂。

这真是尴尬的一天。那时候我希望我们都死，瞬间死掉，不要面对街头错愕和嬉笑的路人。到现在，稍一回忆，我爸的那些吼声还能清晰地想起来，路人错愕和嗤笑的表情、我妈着急的脸。那些吼叫声是时光的沙漏，掐指一算，就到了这个年龄。

十五年倏忽而过。

二十五岁以前，我跟父母的关系不好。应该这样说，跟我爸的关系不好和跟我妈的关系不好是不同的。

我跟我妈是亲近的，这么多年都像单亲家庭的母子一样相互扶持相依为命。我爸是我们生命中的过客，只有他放假的时候我才要学着被迫接受他的存在。

我开始努力回忆，好多年的好多事，因为我克制不去想，现在想想，也快想不起来了。平罗的那个夏天，我们在平房的伙房里做饭，他们单位分的一间半的房子，都要忘了。

04

我十八岁那年，奶奶去世了。

奶奶有三个孩子，两个儿子、一个女儿。我爸是小儿子，一直到我奶奶去世前，四十多岁的我爸还被叫作“小宝”或者“二宝”，因为我爸名字里有个“宝”字。我奶奶有四个孙子辈，两个孙子、一个孙女、一个外孙女。我是她最不待见的，当然，她也不喜欢我妈，嫌我妈土、太内向、没出息。我爸所有的恶行都会被轻易原谅，比如把我妈的大拇指指甲打裂之类的，都像是少年嬉闹的玩笑。所谓慈母多败儿，我爸一生生活能力差，并且性格乖谬，跟我奶奶的溺爱有巨大的因果关系。

后来我想想，长辈也是很难把一碗水端平的，在对待子孙这件事上。她的小儿子是最受宠爱的，她最不喜欢的孙子是她小儿子的儿子。好像顺口溜一样的人际关系，可这也是真的。

普通人在很多时候都能发现自己的无力感，以及面对世界，所有的努力都无济于事。比如奶奶去世这件事，大年初几，应该是初七或者初八，我跟我妈从奶奶家告辞，她还让我拿点儿什么吃的。我看着她拄着拐棍，站在一楼楼道口，心生一股悲凉的预兆。两个月以后，预兆成真。

在我奶奶的葬礼上，他们单位悼念的花圈排满了小区马路，大约是冲着我去世五十年的爷爷的面子，他曾经是这个单位的一把手，特殊年代还配有警卫员，堪称家世赫赫。不过这等盛事与我毫无关系，我印象中的奶奶家，有一股陈年药品囤积的味道。

火葬场里，我哭得山崩地裂。真是惭愧啊，当时一边很难过，可是还没学会平静地哀伤，只觉得我姑哭得快昏厥过去了，我妈只会躲在一边抹眼泪，好像显得我家很不孝。为了挣点儿面子，我哭得非常做作。人有时候真是很奇怪，明明是很难过的事情，可感情并不纯粹。我奶奶单位的领导来慰问的时候，硬把脸挤出难过的样子，说实话，他们可能一次都没见过。谁会为陌生人的去世难过呢？

那也是我第一次遇到生命中的死别。

第二次，是我爸。

前几十日人心慌意乱，这时候才觉得一切如草芥如劫灰，终于缓了一口气，再一探头，我爸没了。甲辰时，癸巳年，己未月，丁亥日，初伏第八天，2013年7月20日，星期六。一年以他的去世作为结束吗？成住坏空，循环仿佛。

我以为我是哪吒，自我离开宁夏就剔骨还肉于父母。我就是我，我不是谁的子嗣，我只是我。我远离你们，自我放逐，十八岁到三十岁，一轮过去，我要开始还债了。

父丧后十日，在飞往长沙的航班上，我一边写下午要交的策划，一边忍不住号啕大哭起来。所幸这一天运气好升了头等舱，周围无人，我得以安然地、松弛地放纵我的做作和矫情，在几千米的高空上，为父亲哭一把。过去的世界是蓝色的，想它的时候会笑出来。但那时候的蓝也未见得蓝过现在，只是回忆让它变成了蜜糖，或者麻花馓子，这也是你爱的。

一直到圣诞节，这一天恰逢录节目，办公室如此嘈杂而我也如此鼓噪，现在，我在一个非常知名的节目组工作。在此之前无业，闷在家里三年，2010到2012年，我说我要当作家。后来我写了几本书，也没什么反响，也没红，也没赚到我爸是我们生命中的过客，只有他放假的时候我才要学着被迫接受他的存在。

很多钱。但你总会是高兴的，还有点儿骄傲，常常跟人说起这事。

下班以后深夜两点多，回到家读书彻夜，得见天日。远处云似飞舟大舰，父丧后半年，想到从此生死异路，四顾茫茫。我父天性执且陋，世情多所不通。会吹黑管、竹笛、口琴，写得一手颜真卿，年轻的时候文笔极佳。后来，也就那样了。他爱好崇高壮美，性格一意孤行，我也是。一代一代的，肉都烂在锅里了。

2013年的最后一个星期天，我上班抽空打电话给妈，因为通宵加班和写稿，我的稿子总也写不完，也未必有那么多，总是写不尽兴，我的写作一直是被动反击型。我拿了一盒爱喜，又拿了一个苹果，戴着耳机给妈打了个电话。

“你最近还好吗，身体怎么样？”我问道，漫不经心地，其实我只想把话题顺延到给她在我们小区再买一套房子上。我爸去世以后，我跟妈共同继承了家里的两套房子，不值钱，可是办完过户以后，我的名下就有三套房子，在过户手续办完之前，我要赶紧给她在我们小区买一套房子。我在长沙，她在银川，这是北纬28°到38°的距离，我们身隔千里，不得相见，好远。

我们试过住到一起，这一年的国庆，我请她来长沙，她住了五十天，终于彼此崩溃。她太寂寞而我太紧张，她寂寞于成了世界的局外人，孑然一身在城市、陌生的方言、相反的气候，而我则紧张于她的一切。我成年后我们从未生活在一起，从十七岁到二十九岁，十二年，生肖走了一遍。

我有百般厨艺，不过从来不敢做饭给我妈吃。这大概是近情心怯。我希望做的每一道菜都能得到她的拍案叫好，像《中华小神厨》里的美食家一样，惊呼“太棒了，这道菜有大海的味道”之类，但是从未有。

平心而论，我的厨艺真的不错。待客用的大菜不用说，各类红烧菜、炖菜、佛跳墙、全家福信手拈来，哪怕自己一个人吃，茼蒿炒猪皮、韭菜花田螺肉、鸡汤粉皮、番茄豆腐，然后切几片猪头肉蘸宁化府陈醋，再顺手榨胡萝卜橙汁，我行云流水犹如舞者在跳舞抑或民歌女唱山歌找情郎。

我真的很会做饭，但我厨艺出手的心魔是妈，她在我身边，我绝不做饭，也不洗碗，更别提收拾桌子。我只呆呆地看着，傻傻地笑着，玩一下iPad，看看书，间或茫然四顾，像个傻子。我妈做的面食很赞，饺子、包子、猫耳朵、揪面片、烙各种饼，她在的时候，每天早晨我都能吃刚出锅的煎饼，起床，洗漱，吃早餐，上班。中午常常带同事回来吃饭，临时通知，突然袭击，她常常措手不及。她做的红烧肉是我从小吃的味道，她拌的洋葱妙不可言，她做的西红柿蛋汤有点儿浊，但非常适口，我能喝好几碗。离开她十二年，吃到她做的饭次数不多，为她下厨的次数，屈指可数。

2012年一二月的时候，我做过啤酒鸭给她，她是不吃鸭子的人，为了我破了例，算是特别捧场。那天的啤酒鸭我做得特别成功，菜上桌以后，她伸出筷子，在啤酒鸭里夹起来一块香菇，然后吃下去，扒几口饭。夹一块鸭腿，吃了，再扒几口饭。我追问到底好不好吃呢，说好吃。然后看着我吃，我吃不下。那天天很冷，银川有雪，这种天气，只想吃一口我妈做的臊子面和我爸包的酸菜肉包子。可惜了，当时我只觉得厨艺难有指引，一大高压锅的菜，没吃几口，后来装了饭盒带给姥姥吃了。

以前我们常常深夜电话聊天，十五分钟，半小时，五十分钟，两小时。我常常把她的电话打停机，而我的电话则必须充更多的钱。我们曾是无话不谈的母子，除了我的感情。这是我的禁区，她试图走入而始终此路不通。但她常常跟我说她和爸的事，如何相亲认识，他斯文有礼爱读书，他很帅，她爱上了他。

结婚以后完全不是那么回事。

我妈崩溃过一次。

最妙的是，原谅我这么说，当时也是我崩溃的时候，她在银川，我在长沙，都跟感情有关。她崩溃因为我爸，我崩溃因为失恋。总之，我们是崩溃母子档。

那段时间我工作不顺，虽然在家写书，但其实也想随机而动，找份好差事。遗憾的是临时从斜刺里杀出来一个程咬金，我迅速恋爱、失恋、崩溃。那段时间确实很受伤，简直可耻得不想诉诸口舌。当时我生活得不开心，过去有过去的不开心，现在有现在的不开心。我从不轻易回忆，因为每次回忆都会崩溃，我讨厌崩溃的感觉。我的口头禅之一是：崩溃——这一点，我想各位也一早发现。

我妈崩溃的原因和过程如下：

这几年来，我爸的身体一直不好，因为年轻的时候喝酒以及近两年的手术，脑子也不好使了。所以管家和管账这两件事都落在了我妈身上。这件事本来无可厚非，怪只怪我妈在退休以后一直在平罗给一个车站当做饭阿姨，每个星期回家两天，平时我爸都一个人在家。闲来无事就要找点儿事，退休老人当如是。我爸把这句话贯彻得很彻底。那段时间，他一直在某家保健理疗店做理疗，一次几百块钱的样子，虽然一度因为做理疗拒绝吃降压药，但总的来说，我妈觉得这是好事。但这种地方，无非就是用赠送理疗疗程骗老人买超贵的假医疗器械，这个我一早就提醒过她，我妈不以为然。

终于有一天，我妈打来电话说：“儿子，我能去你那儿待一段时间吗？保证不让你觉得麻烦。”我一听她口气不对，赶紧应承下来，安抚了一番，我才问她出了什么状况。我妈在电话那边带着哭腔说：“你爸把家里的存折偷出去买了个破理疗床垫，三万多，那个存折一直在我手上。前几天我去银行，人家说那上面没有钱了。后来我一查才发现，是你爸去挂失，然后把里面的钱都花了。他的身份证和户口本一直在我手上，那次他骗我说退休办要发一个什么东西，我就给他了。结果他把里面的钱都花了。我在外面辛辛苦苦打工几年存的钱都让老王八蛋花了。”

我赶紧安慰她，别哭别哭，钱没了我给你赚啊，他花多少我给你赚多少，你别哭，明天就来长沙，我给你订机票。

她不舍得花钱，匆忙上了一趟银川到广州的火车，连夜来到了长沙。

到长沙那天，正是八月十六号，写下这句话的时候，再过两小时，就是我妈初到长沙一周年整。那天我出门晚了，拖延症加上忐忑，因为大概一年半没见过我妈，因为这一年的春节我在家写第一本书，怕来回跑耽误工作，二月中旬就要交稿，我一直拖到次年一月才完成，真能拖啊。

在的士上，我妈打来电话："我到长沙了。"当时是深夜一点，有那么一瞬间，我好想掉头就回去，不要见我妈，

普通人在很多时候都能发现自己的无力感，以及面对世界，所有的努力都无济于事。

不要让她看见我狼狈的样子。失业，失恋，没钱，没爱情。我一样没落下，全占了。

到了火车站，我放眼找了一下我妈，打了电话以后才盯对人。她就带了个小包，还有给我的一包核桃，“给我儿子补补脑”。她老了好多，这几年像是骤然变老的。最让我难过的是她的面相现在变得很悲苦。她来长沙的那段时间，我观察她的表情，不说话的时候眼睛也很悲苦，嘴角下垂。是，她生活中几乎没有开心的事。儿子把体面工作辞掉去写书，而且还把老本快吃完了，新工作没有着落。怎能不急？

何况我爸偷家里的钱。

一次，我跟她聊最近写的东西，我说要把家里的这些事都写了。她讷讷地说：“生活就是一团麻，越捋越乱。”又

过去有过去的不开心，现在有现在的不开心。

说："我可不想你写家里这些不好的事，再说了，谁家能够一帆风顺呢！"

王小波说，生命是一个缓慢受槌的过程。有一天，朋友在微博上@我，本地有机农场有新鲜蔬菜能送到家，价格也很公道。我立刻欣然下订单。拿到菜以后有朋友要来家里蹭饭，我直接携带菜篮杀到她家。手起刀落，西红柿炒茄子丝、辣椒炒蛋、蒜爆空心菜、黑木耳蛋花汤。当然，还蒸了两根玉米。非常好吃，尽管是家常小菜，我做的是我妈妈做菜的味道。我很喜欢看别人在博客和微博上发的家常菜照片，我的厨艺不坏，应该说相当不坏。可是妈妈，我已经很久不做饭了，我在减肥。还有，我做饭给谁吃呢？

这些年我一个人在外生活，常常做饭，厨艺见长。我妈会做的菜我都会做了，我会做的菜她大多不会。她很少有机会吃到我做的菜，我的厨艺再好，于她，也毫无干系。每想到此刻，就觉得心酸。

我常常想她。我很少见她，这是命。在2011年12月回银川住的那四个月之前，我们从来没有朝夕相对超过三天以上，她和我爸都是两班倒。一年一年过去了，我们都不适应跟对方一起生活的路数，爱吃什么、作息时间、看电视还是看书、织毛衣还是写书法。李志有首歌叫《杭州》，里面的那句歌词是这样的："灰飞烟灭的是我的灵魂，藕断丝连的是这座城池。”想一想也还真是沮丧，因为世界真的很无聊，以至于我们的灵魂动辄灰飞烟灭电光火石泡沫。

妈妈，我累。

妈，妈妈，母亲。

我平时叫她妈，犯神经撒娇一下的时候叫妈妈，还真没找到合适的地方称她为母亲——太怪了，太怪了，你管你妈叫母亲的话，妈妈大人不会翻白眼嫌你戏剧化吗？

肉麻兮兮的。

很久没有人问过我，你吃饭了吗？

他们只会说，你别吃了，这么胖，再吃怎么得了？我妈在电话里面的闲聊Opening（开端），一般是这个：“儿子，你吃饭了吗？”“吃的啥？”“哦，那还挺好的。”

好想告诉她，妈，我现在没吃饭，我想吃你做的红烧豆腐炖鱼，我想吃你做的素馅儿饺子，哪怕是开水烫青菜，我也想吃你给我拌的。我想吃你做的土豆丝、西红柿炒茄子，我想吃你做的大蒜炒饭。

可是妈，我不能说这个，因为我一说，你就会让我回银川。咱们彼此就不痛快，你想让我早点儿回去，可是我回去能干吗呢？

我二十八了，一事无成。我所有的梦想都没实现。

在银川的几个发小儿，一早都结了婚，在父母帮衬下买了房和车，都在铁路上班。有些有了孩子，令我母亲羡慕不已。这也是很好的人生了。

我不是银川人，大学之前长在平罗，属于银北地区石嘴山市；大学之后则常居湖南，回银川的次数未及负数。父亲是银川人，生于卒于葬于银川。即使青壮年时期家住平罗，每星期必回银川，吃老马家牛肉拉面，买老城一个胡同的驴肉火烧、迎宾楼的冰砖雪糕和酸梅汤。银川是他的执念，他退休前始终没有调回银川。

这么算来，我对银川的回忆大多与食物有关，我们吃了什么，我们家吃了什么。而想起父亲，那些银川的回忆如焰火如劫灰。

一切都过去了，但我记得。

我会照顾好妈，您放心。

了不起的蒸蛋

文/小熊不二胖

蒸蛋真真儿是一种太了不起的佳肴。单说主角蛋，富含优质蛋白和氨基酸，脂肪含量适中，以不饱和脂肪酸为主，易于人体吸收。蒸蛋里又可以放各种配料，豪华的鲍鱼、贵气的蟹黄、好吃不贵的蛤蜊、提鲜的咸肉，实在不成撒一层青翠的小葱花也是极其美味的。

所以说，做人嘛，最好能过“蒸蛋”一样的人生，不论是富贵荣华、卓尔不群，还是清贫简朴、平平淡淡，最好都能不嫌不弃、乐在其中地经历一番。

原料

主料：
鸡蛋、虾皮

辅料：
盐、香葱、香油、生抽

做法

鸡蛋磕开加入适量盐打散，打均匀后筛去蛋液泡沫，加入相当于蛋液两倍的温开水，放入备好的配料搅匀，蛋上放若干干净的虾皮，冷水入锅大火蒸10～15分钟即可，出锅前撒香葱碎末。

不可否认，从小我就是一个地道的吃货，婴儿期就知道母乳比不上牛乳香，幼儿期就挑剔馄饨里的馅儿不如饺子的多，煮鸡蛋不如蒸鸡蛋嫩。于是，在母亲眼里我是个挑吃挑喝、不那么乖的小孩儿……

“饿！”大概八九个月的我终于有意识地说出了人生中的第一个字。

没错，大家没有看错，的确不是“妈妈”或者“爸爸”，也不是无意识的感叹“呃”，还是婴儿的我发自灵魂深处地喜爱这个能表达最基本愿望的字——饿。

现在，我当然不记得听到我喊“饿”时母亲的表情，也许失望，也许无奈，也许笑喷，也许……反正很多年过去了，母亲每次提及此事都还耿耿于怀。

我总不忘最后安慰她：“哎呀，人家后来不是也很快会叫妈了。”

“明明是过了一岁才会叫，九个月就会喊饿，天天眼睛还没睁开就知道喊饿。”这么多年了，母亲受伤的心显然还没平复。

继续扯回蒸蛋。

幼年时期家境还不富裕，但每星期母亲都会做一次肉和一次鱼，而我最期待的并不是大鱼大肉，而是每隔两三天的家常蒸蛋。

母亲做的蒸蛋配料是小小的虾皮和嫩嫩的葱末，虾皮补钙，青葱提香，母亲总是善于用最简单的食材做出最美味的菜肴。

那时的我总喜欢搬个小板凳坐在厨房的角落，伺机而动偷偷看看炉子里的灶火，踮着脚伸手摸摸菜板上的菜，追着母亲的步伐瞎捣蛋。在厨房里唯一能让我安静的就是盯着装蒸蛋的锅盖，一会儿掀起来看看，一会儿被妈妈惩罚敲脑袋。“告诉你多少次了，做饭的时候不能碰锅盖，会烫到！”

“哦，我垫着袖子呢。”我扯了扯被拉至手掌处的袖

口，怀着些许侥幸心理。

“那也不行！蒸蛋的时候总掀锅盖，蒸汽跑出去蛋上就会出很多小洞，你想吃都是洞的蒸蛋么？”

听到会影响蒸蛋的美观和口感，我幡然醒悟猛摇头，表示不会再犯。

冬日的小厨房里，窗子上的厚厚白霜在灶气的微熏下，渐渐变得透明，偶尔望向窗外可以看见很多人家的炊烟，于是夕阳、炊烟、黑土、白雪，还有期待中的蒸蛋，构成了我童年最美好的记忆。

待蒸蛋蒸好被端上桌，我也美滋滋地端着自己的小铁饭碗和小铁勺，满眼期待欣赏着眼前的一大碗蒸蛋。此时的蒸蛋最上层是深绿色的碎葱花，往下一层是浅褐色的小虾皮，然后才是浅黄泛着温暖光泽的蛋羹，用小勺子沿着器具边上稳稳地舀起一勺，将层次分明冒着热气的蒸蛋颤巍巍地送入口中，那一刻幸福爆棚，“好吃！”第一口蒸蛋下肚后，我总是满脸幸福小吃货地给予母亲最简单直接的评价。

“我们家姑娘怎么这么爱吃鸡蛋？怎么吃也不腻啊。”有时父亲会忍不住感叹。

嘴角还沾着蛋羹的我会说：“嗯，最爱吃蒸鸡蛋了，最爱吃了。”

“除了蒸鸡蛋，还爱吃什么？”爸爸问。

“奶粉！”当时的我对奶粉的执着跟Kimi对“奶奶”有一拼。

“奶粉和鸡蛋只能选一个，不然养不起你了。”妈妈也打趣地凑热闹。

“嗯……嗯……” 如此年幼的我竟然真的开始思考了，

开始了人生中第一次选择，第一次艰难的取舍。

“选鸡蛋。”N分钟后，我抹抹嘴坚定地回答。

“那什么时候开始不喝奶粉呀？”父亲认真地问，显然他想做一个有原则的“坏爸爸”。

“五岁！到了五岁，我就不喝了。”我握紧自己肉肉的小拳头，信誓旦旦。

那年，我三岁。

那年，我学会了如何取舍。

说来也神奇，两年后的一天，准确地说是我五岁生日那天，一大早，我把装奶粉的铁罐交给了母亲说：“妈，今天开始我再也不喝奶粉了。”

母亲有些惊讶，连她都忘记了两年前贪吃的闺女许下的誓言，更惊讶的是那么小的我竟然一直记得还认真执行。要知道，母亲一直奶水不足，我从小就极其依赖奶粉，对我而言喝奶粉比什么都重要，奶粉罐子比存钱罐更宝贵。

五岁生日那天起，我再也没喝过奶粉，信守自己的承诺，坚持自己的选择。

好吧，上面渲染得自己很牛气，其实呢，我想说当年那么小的我，就知道蒸蛋可以吃一辈子，奶粉早晚是要被抛下的，果然是天生的吃货。

时光更迭，岁月无声。

当年对母亲的蒸蛋无比执着的我，转眼已经离家十余年，在距离老家1400多公里的地方也组建了自己的家。每年回老家妈妈也不会再做蒸蛋了，取而代之的是红烧鱼、烧鹅、炖羊排之类的硬菜。

当我逐渐忘记母亲蒸蛋味道的时候，突然发生了一件事。

那是去年夏末，我和母亲去日本旅行。

上一次母女旅行还是八九年前，那时还是母亲照顾我，我是唯命是从的小跟班。这次我和母亲相互照顾、谁为主导的身份已经更换。计划行程、报旅行团、兑换日币、指定采购清单诸多事宜我已一手操办。飞机上，靠窗的位子留给母亲方便她观景，给她备好拖鞋和水果、靠垫让她更舒服。

初到日本的两天，我和母亲相处和谐。

在京都给她买特产腌菜、茶点，我去寺院为单身闺密们求各种桃花御守，偶尔她会为我每天都买一大兜子的特产发点儿小脾气。但是，在东京的时候发生了一个小插曲。

那天刚逛完景区，在大型休息站准备找地方吃饭。母亲选好了一个小面馆说想尝尝乌冬面，就在我准备掏钱点餐的时候，扭头发现母亲竟然消失了。毫不夸张地说，当时我后背的汗毛都竖起来了，母亲不懂日语，不会说英语，身无分文，卡没半张，手机也没带。

我急着冲出面馆，就差当街喊“妈”了，四下张望突然在二三十米处看见了母亲的身影，我冲过去气急败坏地说：“妈，你怎么走了也不跟我说一声，你说你要是丢了怎么办？”

母亲丝毫没意识到问题的严重性：“我也没走出多远，我看他们家还有你小时候爱吃的蒸蛋……”

“你明明刚才要吃面，又看什么蒸蛋啊！你说我要是没找到你，你自己知道怎么回酒店吗？……”

“行了！我以后哪儿也不去了，什么也不吃了！”说罢，母亲转身就要走。

“妈，别生气呀，走，我们就去这家。”我赶忙拉着她往店里走，母亲虽然别扭但是也没有继续坚持。

“我给你点了蛤蛎蒸蛋还有饺子、乌冬面，别跟我生气了，一会儿多吃点儿啊。”见母亲一直阴沉着脸，我又开始内疚，这是我第一次“教训”母亲，什么时候起在一直照顾

どん

我的母亲面前，我开始变成了照顾人的一方了？

“这个蛋你也尝尝吧，挺好吃的。”母亲终于在尝过蒸蛋后又开始跟我说话了。

“嗯，你多吃点儿。蒸蛋还是你做的最好吃了。”我尽量谄媚。

“爱不爱吃你也没个挑。”

“嘿嘿，就是爱吃你做的，要不能长这么大吗？”

“嗯。蛤蜊还是你吃吧。”母亲对这个回答有些满意，开始专心吃面。

母亲还是保留着一直以来的习惯，蒸蛋最好吃的部分永远留给我吃。不论是以前家里的蒸蛋的虾米层，还是现在这份蒸蛋中的蛤蜊。母亲对我的爱就是她的一种习惯，无论过去、现在还是未来，从未变过。

【友情牌蒸蛋】

主料：

鸡蛋、咸肉（提前一晚腌制）

辅料：

鸡精

做法：

先把一个鸡蛋放入平盘中磕开加入适量水打散，再将2～3个鸡蛋直接打入盘中，将事先切成1厘米薄片的咸肉均匀地码在蛋上，放入锅中蒸10～15分钟即可。

大学时代开始的友谊，除了熄灯后的八卦，延续小学时期陪着上厕所，还有一种大概就是美食交换了。对的，我和芸芸的友谊就是这样开始的。

由于身体原因，我是在军训结束后才正式入学。所以，当整个系的男生女生都已经八卦完教官，都已经摸清同一个宿舍的同学有没有恋爱，我才陌生迟缓地出现在同学们面前。

那日，我人生地不熟地独自在水房洗着刚买来的葡萄，

> 做人嘛，最好能过“蒸蛋”一样的人生，不论是富贵荣华、卓尔不群，还是清贫简朴、平平淡淡，最好都能不嫌不弃、乐在其中地经历一番。

见一旁有个皮肤黝黑的姑娘在照镜子（水房的镜子比较大），她发觉我在瞧她，友善地冲我笑了笑。

我也笑了笑，然后拎起一串刚洗好的葡萄递给她：“给，挺甜的。”

“谢谢啊！我叫程芸芸，我好像没见过你呢。”她大方地接过葡萄。

“我叫熊晓妮，前段时间生病，这不军训结束刚过来。”

“难怪你都没晒黑，没军训太幸福了。你是哪个宿舍的？”芸芸一边跟我聊天一边吃着葡萄。

“216，你呢？”

“哇，那你也是03国贸的，216是二班，我们一个系的呢。我在221，是三班的，以后一起上课啦。”芸芸开心地说。

“嗯嗯。”我也兴奋地点着头。

聊得差不多，我们在水房分手回各自的宿舍，谁知不到五分钟芸芸就敲门进来，拿着几个洗好的桃子。

“给，吃桃子。”她往我手里塞了个大个儿的。

“这个桃子怎么没有毛？”我摸着光溜溜的桃子好奇极了。

“毛被我刚才都刷掉了，我最喜欢吃桃子了，但是对桃子毛又特别过敏，一碰就浑身痒痒得不行。”

“啊？！你居然过敏这么严重！”我本身是过敏体质，难得遇到比我还娇气的姑娘，有种幸灾乐祸式的好奇。

…………

就这样，我和芸芸开始了一段由葡萄、桃子开始的友谊。虽然我们不是一个班、一个宿舍，但是都是吃货的属性让我们感情稳定升温，偶尔一起八个卦、逛个街、玩儿个斗地主、借个美剧盘。

“阿妮，晚上去我那儿住吧，我晚上做好吃的。”大三的秋天，我正和宿舍的阳阳看着《网球王子》，猛见芸芸推门进来喊我。

看了眼冒失的芸芸，再看一眼电脑屏幕上正在激战的不二，我打趣地说：“芸芸，你前天不是刚接了小猫（芸芸上铺的姑娘）过去住，今天又换我，你是不是该对你男友忏悔一下？”

“忏悔个屁，阿峰在美国跟日本留学生正纠缠不清，还有脸管我租房子……”

呃，还真有情况，我赶紧收拾东西随芸芸去她校外的小房。

“阿妮，你最近是不是胖了，怎么沉了？”芸芸蹬着她的小“宝马”载着我冲向学校后门。

我抗议式地扭了扭屁股：“胡说，就算胖也是被你喂的。对了，日本留学生到底怎么回事？你家阿峰不是对你死心塌地吗？”

芸芸没有回答我，感觉她的背轻微地缩了缩，车速更快了。江南秋日的风突然略显凉意，夏天悄悄地过去了。

说来，芸芸的男友阿峰算在我们系十大未解之谜里能排上前三了，阿峰只闻其事不见其人，当然就连半张照片我也未曾见过。芸芸家里在宁波世代经商，自然家底殷实，而她传说的男友阿峰更是与她门当户对，是高富帅一样的存在。据说阿峰的爸妈很早就离婚，但是分手过于和平友爱，各自找了另一半幸福之后反而比之前关系还好，阿峰有了两个爸爸、两个妈妈来疼爱，于是芸芸嘴里的“大爸爸、二爸爸、大妈妈、二妈妈”对她也是关爱有加。阿峰更是少年天才，在美国全奖读一流理工名校不说，在我们大三混日子看动漫的时候，他已经去美国宇航局下属的研究所实习赚钱了，太高端大气了有没有？由于芸芸嘴里的阿峰过于传奇，很多同学怀疑阿峰只是芸芸舒适无聊生活里幻想的产物。（我也并不是从没怀疑过阿峰的真实性，即使毕业这么久我们还是没有见过阿峰，但是，不论真假，阿峰已经变成了我们记忆中的一个接近真实的存在。我愿意相信阿峰在芸芸三十五岁时会信守承诺迎娶芸芸，那时芸芸会成为最幸福的新娘。）

风停了，芸芸的小宝马也停了，时光又转回那个下午。

锁好车的芸芸在前面开路，爬了四层楼梯，终于到了芸芸的校外小屋。

简简单单的一室一厅一卫，厨房是开放式的，在客厅的另一端。屋内没什么装饰，沙发上有个芸芸从宿舍带来的加菲猫抱枕，卧室床上放着笔记本电脑，还有一堆零食。倒是厨房有电饭锅，有炒锅，灶台上还摊放着一些蔬菜水果，颇有生活气息。

“你把我电脑拿出来，你继续看《网球王子》吧，我去做饭。”芸芸说完已经奔向厨房。

“那个……那个日本女留学生到底咋回事？”

“不高兴的事留到饭后说啦！会影响食欲的。”芸芸漫不经心地回答着。

“好吧。”作为一名蹭吃客，我还是把八卦的心先放一放吧。

看完两集《网球王子》后，闻着饭香和熟悉的蛋香，我预感着要开饭了。果然，芸芸的声音几乎同时响起：“吃饭喽。”

只见她用白色洗碗布垫着，小心翼翼地端着一大盘过来，我赶紧把电脑收拾好扔到沙发的一角，去帮忙找碗筷盛米饭。

两碗白米饭、一盘凉拌黄瓜条、一大盘蒸蛋成了此餐的主角。

“试试看，超级好吃的，肉是我昨晚买的，腌了一晚上，这个时候吃最鲜美了。”芸芸递过一只勺子让我先吃蒸蛋。

“那我可要多吃点儿，最爱蒸蛋和肉了。”说实话，

夕阳、炊烟、黑土、白雪，还有期待中的蒸蛋，构成了我童年最美好的记忆。

芸芸牌蒸蛋卖相很是一般，盘子里一边是四个形状完好保持团结的卧鸡蛋，另一端是被蛋清包裹隐约可见的咸肉，再无其他点缀。即使现在从事文字工作，也顶多可以用“白露黑松”去伪高雅般评价一下。

嘴上说得客气，内心其实还是有点儿小忐忑的。我试探性地挖了一勺蛋清裹着的咸肉片慢慢送进口中。

“怎么样？怎么样？怎么样啊？！”芸芸期待地等着我的评价。

“……巨好吃！”我充满意外和感激地说。咸肉简直好吃爆了，口感滑嫩得简直不像是平时吃的猪肉，微咸的味道把猪肉原本的肉香充分激发，而被蛋液包裹后，清爽的蛋清配合咸香的猪肉，整个口感就丰富起来了，简直是人间美味。

我赶紧又挖了口带蛋黄和咸肉的组合，有蛋黄的蛋香和肉香，比刚刚的蛋清组合更美味。“芸芸，你真是天才！这咸肉太棒了，放蒸蛋里太帅气了。”

芸芸满足地看着我吃着，咬着黄瓜条笑着：“请你吃饭当然要用绝技了，不过我还是跟我妈学的做咸肉，我们家每年过年的时候，我妈都要做几十斤咸肉。”

“好棒，好棒！难不难？我也要学。”埋头苦吃的我此刻爆发了学习欲。

“很简单啦。不过要想咸肉好吃，必须要买当天宰杀的猪肉，可以用五花肉或者臀尖，看你喜欢啦。你现在吃的就是后臀尖肉。不过不能贪心，一次最多用两斤肉，洗干净用纱布擦干净水，用精盐把肉好好地涂一层，不用涂太厚但是一定要均匀，然后把肉放到大小合适的小盆里罩上纱布，最后，也是最重要的，一定要找个重物压在肉上面，最好十斤以上的。”

“你是用什么压的？”我好奇地问。

“嘿嘿，我们的《牛津高阶》呀！我把小猫的一本也顺过来了。”芸芸狡黠地笑笑。

“真牛！考四级的时候也没见你有这聪明劲儿。”

“哼！吃肉居然还不忘数落我。”

…………

在吵闹中，我彻底将咸肉蒸蛋消灭。芸芸始终避而不谈阿峰和日本留学生，看得出她眼角有淡淡的哀伤。

“如果你是男人，我一定嫁你！”我恨恨地说。

“滚蛋！我要是男人多少花姑娘等着我娶呢，轮也轮不到你！哼！”

好吧，这就是我无比崇敬而又热爱的可爱姑娘，她看似无比坚强的外表下藏着一颗小纯洁、小善良、小贤惠的内心。即使很多年后，得知我在距离她五百多公里的地方出差办活动，她依然毫不迟疑，开着别克商务舱拉着一家老小前来捧场，给我助威加油。即使最后我们只能一起喝个下午茶，总共相聚也不超过两小时，她却愿意为这两小时驱车小半天。

芸芸的友谊就像她做的蒸蛋，食材简单，吃起来却热情浓烈，一次就忘不掉。

【奶奶牌豉汁蒸蛋】

主料：

鸡蛋、冬笋、香菇

辅料：

豉汁酱油、香葱

做法：

将鸡蛋打散后放入适量的水搅拌均匀，放切丁的冬笋和香菇，放入蒸器中大火蒸10～15分钟后出锅，淋上豉汁酱油，撒上香葱末。

我很少去回忆奶奶，像有个莫名的心结，一直无法打开。

五岁生日那天起，我再也没喝过奶粉，信守自己的承诺，坚持自己的选择。

奶奶老家在广东湛江，家境殷实，有两个哥哥、一个姐姐，老小的她出嫁前一直在港务局做会计，新中国成立前夕遇见当时在四野随军征战的爷爷，东北军官与南方小姐的爱情故事浪漫地开始了。如果当年奶奶也看过《大话西游》，她肯定也会用星爷那句“我猜到了故事的开头，却猜不中它的结尾”来总结自己的爱情。

奶奶与爷爷邂逅半月后，火速辞了工作，领了结婚证，辞别所有亲友随着爷爷的大部队一路向北。

听奶奶说过，爷爷当年说“东北的老母鸡特别好吃，要比南方的鸡更香更入味。东北有一种叫西葫芦的瓜也特别好吃……”

就这样，奶奶从一名职业女性转战成为家庭主妇。操着不算标准的广普（广东普通话），做着南北合璧的菜肴，成为他们那条老街的一道独特风景。

爷爷是我上小学一年级时去世的。葬礼的那天我早早被妈妈叫起，妈妈红肿着眼睛催我快换上白毛衣。经过一个多小时的车程，终于到达祖坟，我细数着奶奶、姑姑、大伯、三叔、爸爸……三爷爷一家、四爷爷一家、二爷爷一家……

“妈妈，爷爷呢？怎么就他不在？不是说爷爷被医院接走了吗？”我偷偷拉过妈妈天真地问着。

妈妈瞬间泪崩，蹲下身紧紧抱着我说：“你爷爷走了，我们今天就是来送他。”

显然，当时的我并不真正理解什么是“走了”，隐隐觉得“走了”肯定不是什么好事情，不然妈妈不会如此伤心。

“走了，就是再也见不到了。”

原来“走了”，就是再也见不到了。那天，我哭得昏天黑地，晚上在奶奶家一声不吭。

那天晚饭，奶奶做了豉汁蒸蛋，我并没有吃。

自从爷爷去世后，我就很少去奶奶家了。从小我就是奶奶喜欢的孩子，她开始最喜欢的是大伯家的哥哥，后来她一直照顾三叔家的妹妹，自然更喜欢最小的妹妹。刚上小学那会儿，放了学没有地方可去，开始的时候放学就去学校对面的奶奶家，但是很多次都是哭着回家。每次母亲来接我，我都会愤恨地说："我再也不要去奶奶家了，她太偏心了，我宁可坐在家门口一直等你下班，我也不想再去奶奶家了。"

这样的日子多了以后，我真的放学后蹲在自己家门口看书等天黑后回来的母亲。

也许就是从那时开始，我对奶奶总有一种敬而远之的情绪。

在我上初中以后，奶奶经常会打电话邀我去她家吃饭，当然能拒绝我都拒绝了，保持重大节日跟父母一起出现在奶奶家已经是我的极限。即使有时她来家里会买我爱吃的零食，会关心我的学习，但我真是个可恨的记仇的孩子，只能表面礼貌地逢迎，内心还是无法原谅她当年的偏心。

大二那年的十一假期我没回家，去了宜兴的同学家玩。

当我陶醉于江南竹海的时候，突然接到了父亲的电话。

"你奶奶昨天去世了。"父亲静静地说。

"……"一时间我的脑袋一片空白，这一切太过突然。

"你不用回来，今天已经办完葬礼了……"一直到父亲挂了电话，我依然在愣神中。父亲把我的愣神解读成了过度悲痛，但那一刻我并没有一滴眼泪流下，心里空空的。

晚饭时，同学家做了一桌子的菜，我笑着说没胃口让大家先吃，不经意瞥到桌上有一道蒸蛋，蒸蛋上还有薄薄的一层酱油。那个瞬间我整个人都呆掉了，时光轮回，仿佛又回到十几年前爷爷葬礼那天。

豉汁蒸蛋，是我永远不想去尝的一道菜。每次它都出现在人悲伤的时候，再见它的时候，对奶奶所有的怀念都一触而发，眼泪也终于模糊了视线。

【自我陶醉牌无敌美味蒸蛋】

主料：

鸡蛋若干、小碎肉若干、肉松（有了最好）

辅料：

花椒粉、各种高级酱油

做法：

先将鸡蛋打散，然后加水，放调味品，充分打匀。再把小碎肉铺到上面，然后在上面卧几个完整的蛋，加入稍微多一点儿的盐和各种高级酱油，上锅蒸熟即可。

大学毕业，磕磕绊绊地在北京这个大地方的一家小公司找了个连职位都有些不清不楚的工作，开始了就业之旅。租了个合租房，有了自己小小的空间，长舒一口气后还是踌躇满志地要大展宏图。每天奔忙于工作，自己的时间越来越少，在合租房的伙食大多靠买路边小吃解决，开始的一段时间大爱香河肉饼与麻辣鸭脖，差不多每天提着两个袋子奔向自己的小屋，乐此不疲。

工作三四个月后的那么一天，突然在一个星期六病倒在床，感冒严重到起床就眩晕，勉强喝点儿水吃些药，发烧中迷迷糊糊地睡到晚上。妈妈的电话如期而至，尽管我装得满不在乎，但母女连心的感应还是发挥了作用。妈妈有些担心我的身体，简单嘱咐几句吃药后还不忘提醒应该吃些东西，这样才能好得快些。无意中，妈妈在那边唠叨："做个蒸蛋吧，这个容易，清淡一点儿感冒也能吃得进去。"我敷衍着挂了电话，翻身准备再坚持睡着，熬到明天继续发烧就得去医院了。但是却无法入睡，不知道是母亲的提醒勾起了我的馋虫，还是人在病时特别脆弱，总之那一个一个、一种一种的蒸蛋不停地在我脑海里闪现，恍惚中抬头看到电视都觉得是一盘大大的蒸蛋。

好吧，我被自己打败了，晕头涨脑地起来准备做一点儿东西吃，而目标就是蒸蛋。这个时候的我毕竟离家已经四年多，如果说一点儿不会做饭一定是冤枉我，作为一个吃货因为吃不到东西饿到是极其羞辱的行为。所以我擅长各种肉类母亲对我的爱就是她的一种习惯，无论过去、现在还是未来，从未变过。

烹饪，尤其是东北炖菜做法，但是，蒸蛋……还真没做过。

首先是在合租共用的厨房里准备原料，冰箱里翻到几个两天前买的鸡蛋，还有上次做菜落下的比指甲盖大不了多少的猪肉，还有……还真没有啥了，本来有把别人的备货顺手牵羊的想法，但实际情况是他们根本没给我犯罪的机会，星期六的晚上，整个合租房就剩下我和几乎空了的冰箱。还好基本的原材料还有，可以搞一份蒸蛋出来，只要解决了炊具的问题……租房的人都有这个体会，搬家时厨房用品极其麻烦，因此基本我们常备的也就是一个炒锅，但是光有这玩意儿想蒸蛋还是远远不够的。

从喜爱到习惯，再到不可或缺，蒸蛋就这样渐渐地融入我的生活。

于是开始新一轮的折腾，巡视各个合租伙伴趁手的家伙事儿，也该我当日注定能吃上蒸蛋，真的在一个角落里发现了一个看起来不怎么脏的锅架，就是铁的那种可以在上面放锅省得锅底灰沾灶台的那种。今天的蒸蛋就靠它了！把自己的炒锅放好，装入水，在里面放上冲洗好的锅架，再在上面垫两双筷子，这样，终于给盘子找了一个能蒸的位置，哦耶！成功！

炊具搞定了就开始准备蒸蛋吧，打鸡蛋，加水，看起来还是有点儿顺利，那块被遗忘的小肉肉看着它孤独地躺在那里实在可怜，也剁碎了放在盘子里陪着已经快起沫的鸡蛋吧，孤独时我们要学会抱团取暖不是！当这些程序完成准备上简易蒸锅的那一刻，我的吃货与选择症状又发作了，想吃蒸蛋，但是还想吃荷包蛋，如何选择，这是一个问题，我想当时考虑这些的时候应该也不比哈姆雷特少纠结多少。好在脑子还没有被烧坏，最后时刻灵机一动在蒸蛋液里又打了两个整个的蛋。上炉，开火，我人生中第一份自制蒸蛋就要诞生了……

开始蒸蛋后，我炫耀性地给妈妈打个电话，说说自己给自己做好吃的这件事，用现在的话说就是求表扬去了。妈妈尽管对我胡乱的做法有些嗤之以鼻，但是还蛮鼓励我自力更生以及对美食的孜孜不倦。在妈妈的提醒下，我按照预定的六分钟时间开锅，但是我可怜的蒸蛋根本就没熟。边埋怨妈妈对这种精细的时间不靠谱边重新开大火力以便美食尽快出锅，以慰藉我的一番期盼。结果就是最后盘子里所有的东西倒是都熟了，但是确实是老了，好多的气孔。

即便这样我也是很满意的，三下五除二地就消灭了自己的战利品，然后懒得收拾残局直接爬上床继续养病……第二天，我的感冒奇迹般好了，我愿意把这个奇迹归结于蒸蛋的功劳。

生活总是要继续的，慢慢地习惯搅散两三个鸡蛋，再偷偷地在上面卧上一两个荷包蛋的蒸蛋，这个简单但美味的食谱以每星期至少一次的频率出现在我的饮食中，从喜爱到习惯，再到不可或缺，蒸蛋就这样渐渐地融入我的生活。

如今我组建了自己的小家，不久的将来还会有一个小东西闯进我们的生活，希望他或她也如妈妈一样热爱蒸蛋吧！家里的那位已经基本掌握了我的蒸蛋绝技，特色就是不要忘记放肉和卧蛋。每当我心情不好或累了的时候，总有一份可口的蒸蛋摆在我的面前，让我在美食中调节自己的情绪。那份简单的幸福让我莫名地心安，暖暖的，很舒心。

行文至此，我想关于蒸蛋的记忆也应该告一段落了。一份小小的蒸蛋之于我，也许不是一道菜那么简单，里面的亲情、友情、爱情、回忆都那么真实和贴心。也许当我老去的那一天，当满口的牙齿都光荣离岗，至少我还可以用一份简单的蒸蛋慰藉一颗吃货的心，袅袅的蒸气中我会看到曾经的自己，看到那些让我珍惜又感怀的美好时光，人生真好，蒸蛋真好，现在的我们，手里有一份蒸蛋，真好……

十年一碗销魂面

冷暖自知蜜汁烤翅

如若有你，一生何求

文/寐语者

文/马拓

文/高端沣

一切看情，
依食而住
Love

十年一碗
销魂面

文/寐语者

那时身边人还不叫她Eva，她的家还不在法国南部海滨小城。

她每天早晨也不在长窗朝海的卧室里醒来，不会上午十点才起床吃早餐。

十年前的许欣，留齐肩短发，刚开始学着穿高跟鞋。

林磊喜欢叫她，欣欣。

那年她大四，认识了林磊，顺理成章开始恋爱。

林磊是她同校学长，硕士刚毕业。

以林磊的专业和条件，照说应该成为那些写字楼里朝九晚五以精英行头全副武装的年轻人之一。

但他在大学旁边开了一家小书店兼咖啡馆，养了一缸鱼，懒散怡然度日。

那年的情人节晚上八点，许欣是他店里最后一个顾客，看到要打烊了，拿着本小说去付钱。

他问她没约会吗，她摇摇头。他一边低头把书装进袋子，一边说那一起去看电影吧。

这本书就成了她的情人节礼物。

看完那场乏味到记不住情节的电影，出来夜风刺骨，两人都觉得饿了，就去了大排档吃面。

那家潦草的大排档，煮的红油香葱小面，好吃到令人产生幸福满满的错觉。

林磊一边呼呼吃面，一边说："你知道这面为什么特别香吗？因为用的是猪油，辣椒在油泼之前炒香过。"

许欣从来不知道猪油这么香："你很会做饭？"

他嘿嘿一笑："不会。我爸煮的面就是这个味道，这是他的秘诀。"

找工作是毕业生的噩梦，即使是许欣这样品学兼优，能力和外表都优秀得恰到好处的女生，也颇有压力。

她应聘一家名头赫赫的外企，闯过了一轮轮的挑选，在去最后一轮面试的那天早上，闹钟出错，起床迟了。

大排档

她一焦虑，更不慎打翻牛奶在刚刚穿好的丝袜上，又急又沮丧。

他让她不要急，继续化妆，而他拿着丝袜洗干净，用吹风机呼呼地吹干，送她上出租车。

坐在出租车里，刚刚吹干的丝袜上的暖意令她觉得心安和温暖，心里第一次想着，面试成不成功又有什么呢，即使不找工作又有什么呢，就和他在小书店里，每天懒洋洋地一起看书、晒太阳、喂喂鱼，晚上回家一起做饭，窝在暖乎乎的被窝里看碟，睡到自然醒……未尝不是很好的生活。

因为放松，那天的面试她表现得格外出彩。

一星期后接到HR（人力资源部门）的电话，她从众多竞争者中脱颖而出，被录用了。

两个人喜滋滋地搂在一起笑，感觉一道人生难题迎刃而解，眼前光明无限。

憧憬完了未来，又手牵手去吃大排档，两碗面，吃得呼呼生香。

不是吃不起更好的馆子，林磊虽不是有钱人，收入也足够两个人好吃好喝。

但大排档的一碗面，吃得心满意足，踏踏实实，谁也不觉得西餐厅里的烛光晚餐能好过这碗面去。

等待毕业和入职的间隙期，许欣无事可做，无忧无虑，两个人喜滋滋地搂在一起笑，感觉一道人生难题迎刃而解，眼前光明无限。

天天在林磊书店里过那懒洋洋的日子。

阳光好的时候，把店门一关，两人各拿一本喜欢的书，去大学草坪上一躺，晒着太阳看书。

许欣在这个城市出生长大，却从不知道菜市场在哪里。

那段日子，她第一次找到菜市场，学会买菜，做简单的饭菜。

西红柿鸡蛋汤和木耳炒肉片，他最爱吃，哪怕她的手艺其实糟糕得可以。

时常夜深了，两人想吃消夜，又跑去那家大排档，吃一碗热腾腾香喷喷的猪油香葱麻辣小面。

成为职场新人的第一天，平静如水的生活就开始变成一锅滚烫的红汤。

许欣的每一天都像上足了发条的陀螺，没有停歇，只有转动和飞快转动的区别。

即使回到家，也还在想着第二天早晨的会议还有什么没准备好，还有哪些邮件没有回。

加班是做企划这一行的家常便饭。

上班第一星期就得知上司累出胃病住院两天又赶回来上班。

新人更是没有资格叫苦。

以往和林磊每晚看一张好碟，每星期三晚上去电影院，每星期五和朋友聚会已经成了习惯。

如今则是加班，加班，加班，林磊一个人去找哥们儿吃饭，回家等她等到在沙发上呼呼睡着。

难得的是，两个人对此都没有怨言。

许欣每天回到家，再累也要跟林磊兴致勃勃地讲一讲今天办公室里的小风云，或是和老板的斗智斗勇，或是自己有什么工作完成得漂亮得意。

她对职场生涯充满着初生牛犊的好奇、热望和斗志，全然没有新人出道的不适和畏怯。

林磊也满怀欣赏地看着这样生机勃勃的许欣。

虽然自己选择了安逸平静的生活，但看到女友这样上进积极，他也为她高兴。

他不喜欢参加许欣那个圈子的聚会，一两次后就再也不去了。

同事们时常下班后一起再去pub（酒吧）喝喝酒，释放压力，许欣也并不喜欢这样的场合，但她不得不去应酬维系必要的人情世故。

起初林磊总是去接许欣下班，只要她不加班，他就早早开着他的二手日本小车停在公司楼下一溜儿的豪华车边上，打开车内灯，低头读书，等她出来。

在光怪陆离、人车熙攘的街头，他给她开车门，微微笑着打量她优雅利落的office lady（白领）打扮；回到家后，给她拿来毛绒公仔拖鞋，看她换上卡通家居服，扎起马尾，把武装都卸下，像个小考拉，窝在他臂弯里一起看电视、看碟、吃零食、聊天……那些时刻，两个人都以为，可以就这样老去，过完一辈子。

秋去冬来，天气越来越冷，天色黑得越来越早。

西红柿鸡蛋汤和木耳炒肉片，他最爱吃，哪怕她的手艺其实糟糕得可以。

林磊的店关门也越来越迟，一是因为生意不好，买书的人越来越少，基本都是一杯咖啡喝到打烊的顾客。

他也无所谓，哪怕只有一个顾客也静静把店开着，耐心地等许欣下班。

许欣下班越来越晚，加班频繁，私人时间大把大把消耗在工作上。

别人想着怎么把事情做完，她想着怎么做好，做得比别人更好。

在物质上，许欣并不虚荣，住在租来的小公寓里，坐在二手车里，都不是问题，环绕身边的物质诱惑并不吸引她。

她只是进取心格外强烈，那是摩羯座骨子里的天性，职场上大大小小的挑战，激活了她渴望自我成就的欲望。

到了年尾最忙的时期，许欣已经没有了加班和周末的概念。

她依然斗志昂扬，累并充实着。

只是时常让林磊天天等到晚上九点还吃不上饭，她觉得愧疚。

尤其每当林磊停车在楼下等候，发来短信，一如既往的简单几个字：“我到了。看书。等你。”

收到这短信，总是暖心的踏实感，自然匆匆加快速度把事做完，拎起包飞奔回家。

可有时，实在有工作不能匆匆丢下，甚至工作狂的上司九点之后依然召集开会，这种时候，许欣无法安心做事，想着他在楼下等待，总会走神。

她跟他说，不要来接我了，你等在外面，我反而分心。

他说，那好吧，你自己打车回来，要注意安全。

他一如既往地平淡，什么都随和、无所谓的样子。

所以许欣并没有看出来他的失落。

他隐隐感到一种不被需要的怅然。

这种失落只是一掠而逝的情绪，林磊天生是个乐观淡泊的人，就像书店的生意越来越冷清，他也不放在心上，日子过得去就行。

不用去接许欣了，他就早早打烊，找哥们儿吃饭喝酒，回家打打游戏、看看书，亮起温暖的灯光等她。

通常门铃都会在他睡意来袭之前响起，他懒洋洋地穿着拖鞋睡衣去开门，给疲惫的许欣一个大拥抱。

晚上回家后，早上出门前，他们都要彼此拥抱好一会儿，再忙都不会忘记。

有一天夜里，林磊终于等睡着了，直到被开门的声响惊醒。

许欣自己拿钥匙开门进来的，不想吵醒他，知道他多半睡了。

他睡眼惺忪地看一眼表，深夜一点。

她连招呼也没和他打，直接走进洗手间。

出来时，鬓角湿漉漉，洗过脸，依然一身的酒气，脸色憔悴，化的妆也都晕花了。

他以为她是加班到这么晚，原来……

“和同事出去玩儿了？”

许欣刚刚在洗手间吐过，还在头昏脑涨的难受中，听见这个“玩”字莫名刺耳，想起一整夜被拖住应酬的无奈，抬眼看林磊，冲口而出：“你以为我想去玩儿吗？”

林磊语塞，默默倒了杯温水递到她手里。

许欣低头慢慢喝，也知道自己语气冲了，却见林磊半天一言不发，甚至转身走开，就越发觉得委屈起来。

她也赌气不想理他。

待她洗完澡，裹着浴袍出来，一时愣了……厨房里亮着灯，诱人的香味儿充满了整个屋子。

林磊双手捧着一大只面碗，从热气腾腾的厨房钻出来。

“给你煮了碗面。”

他小心翼翼地把面碗往桌上放，用了那么大一只碗，又沉又烫，满到碗边的面汤险些要溢出。

浓香红艳的一碗面。

干辣椒被沸油滚过，撒上青翠嫩白的碎葱花，加香蒜老姜碎末，浇一层小磨麻油。

油绿油绿的青莴笋尖和雪白细溜的面条，泡在这样一碗红汤艳色里。

筷子也递到了手中。

这一碗面的滋味，十年后，许欣还深深记得，记得那深夜里一口香辣回荡齿颊间的销魂。

那是林磊这辈子煮的第一碗面。

后来许欣问他，怎么会第一次煮面就煮到这样惊才绝艳?

他想想，应该是每次和她一起去那家大排档吃面，记住了那个味道，凭想象和感觉模仿的。

还有父亲的秘方：猪油、油泼辣子、大把新鲜剁碎的葱蒜。

还有想着她的口味喜好，要让她吃得香香的、热热的。

很多年后林磊也还记得许欣吃面的傻样子，几乎整个脸埋到碗里去，把面汤都喝光了，葱末都挑来吃掉了。

他想象自己当时趴在桌子对面，笑眯眯看她吃面的样子，也是很傻的。

林磊就此多了一项重要技能——煮面。

他是个天性懒散随和的人，很少花工夫去琢磨什么，大体上随兴发挥，也混得不过不失。

做饭这种精细的事，不是他的强项，也从来没兴趣尝试。

直到这一碗面，点燃他的厨艺之魂。

哪怕这辈子什么菜也不会做，他觉得，也应该把这碗猪油香葱红汤面做到许欣说的“惊才绝艳”，让她再晚跨进家门都会立刻心花怒放。

他真的花心思去钻研怎样煮一碗惊才绝艳的面了。

他吃了很多大排档、拉面馆、小面摊，留意别人放什么调味料，比较来比较去，还是觉得不如化繁为简，就把那三板斧用到家——猪油、香葱、油泼辣子。

猪油，他去市场选最好的肥膘，打电话让老爸远程指点，自己在厨房摸索着熬猪油。

第一次火太大，熬过头，厨房整个乌烟滚滚，油腥气熏进了楼道里。

第二次、第三次……被他熬黑熬废了好几口锅之后，终于，能熬出一缸雪白凝腻、如玉如乳、望之心醉的新鲜猪油。

林磊捧着那缸猪油让许欣欣赏，颇具诗意地感叹道：“油是底子，接下来，是这碗面的灵魂。”

油泼辣子的做法据说是每家川菜馆的不传之秘。

这个东西不耐久存，香气会改变，每次泼少少的，吃完再泼，就永远都辣得活色生香、霸道生猛。

在油泼之前，要在铁锅里把干辣椒粉炒香。

这个翻炒过程伴随着辣椒呛鼻刺眼的味道，稍不留神就会炒煳。

炒好之后，再把热油烧到八分滚，往辣椒粉里一边倒一边搅拌。

林磊把炒辣椒也学会了，炒好一大瓶拿玻璃罐装好，每个星期天做一次油泼辣子，恰恰够吃一个星期的量。

“灵魂”有了，最后是葱花，这碗面的伴侣。

野葱的味道就是要比超市里的小葱来得灵光，野生野长，活泼泼的，一嚼就有整个春天在舌尖上疯长。

这也可遇不可求，得是偶然遇到乡下来卖菜的妇人，在路边没有城管处，铺块塑料布，摊开大把根须还带着土的野

那些时刻，两个人都以为，可以就这样老去，过完一辈子。

葱来叫卖。

林磊在遇到时，就买回了一大把，找个洗脸盆那么大的花盆，装满半盆土，把野葱都种下去。

面煮下锅了，就去信手掐几根新嫩葱叶，冲洗切碎，一定切得均匀完美。

这碗面，到这个份儿上，想不惊才绝艳也很难。

许欣被这碗面征服得死心塌地。

每每加班晚了，或是应酬的饭局吃得不踏实，回家路上就给林磊发个短信："我要吃面！"

周末在家，本该她下厨好好做几个菜的，也时不时磨着林磊："煮面，煮面，就要吃你煮的面！"

林磊得意扬扬，郑重其事，二话不说系上围裙就去煮。

谁也不记得，到底煮过多少回面。

仿佛不知不觉间，煮着面，吃着面，他们就过了一年。

第二年年中，他们换了住处，租了一间更大更舒适的公寓。

年底，许欣打算自己买辆车，不用林磊总是接送。

中秋节的时候，他们去许欣父母家拜了年，一切按部就班，在朝既定轨道发展。

一年过得匆忙又踏实。

新年过后，许欣和林磊各自面对一个棘手问题，也都忽着没有告诉对方。

许欣的难题是，上司给了她一个参与拓展新项目的机会，要到另一个城市派驻三五个月，或许半年。

她非常明白这个机会来之不易，做好了，就是自己再跃上一个平台的台阶。

可两地分离，对情侣而言，半年不算短。

而这时候，林磊也在苦恼，要不要把书店关了？

网络和电子书的罡风正在把大大小小的实体书店一家家连根拔起。

林磊的小店，生意眼看着一天天冷清下去，起初还能靠咖啡馆那部分勉强维持，最近已经是亏着本在硬撑。

这个书店对于林磊，远不只是一份工作、一份糊口的生意，而是他的人生理想和寄托。

他原本想把人生托付在一页页宁静悠远的书册中，慢悠悠翻过去，翻完一辈子，不问外间花怎样红，柳怎么绿。

有这样桃花源式理想的人并不少，但真能这么干的很少。

林磊总觉得自己幸运，有通情达理也同样爱书的父母，并不反对他放弃远大前程去做个书店小老板。

更有个许欣这样的女友，从不催他买房，也不问他每个月赚钱多少。

可即便这样，他的梦想也还是被大环境逼缩到越来越小

厨房里亮着灯，诱人的香味儿充满了整个屋子。

的角落，终于再也无处容身。

林磊和他最好的朋友、大学同学周扬商量。

周扬直截了当地说，开书店死路一条，你不如来我们单位做事，我负责帮你找个好职位。

林磊又征求父亲的意见，父亲沉默很久说：“我们老两口儿还有点儿积蓄，如果你想坚持一下，先拿这些钱撑着。”

听着父亲这话，林磊鼻子酸了。

最后他才和许欣讲，在要做抉择的时候，他也不知道自己究竟是不是有一丝害怕知道她的反应。

他不想作为一个男人，在年迈的父母和心爱的女孩儿眼里看到失望和担忧。

林磊将他的决定告诉许欣——关掉书店，去一家待遇和前景都还不错的大型国企上班。

许欣的反应没有半分意外，似乎早知道有这一天，迟早他会放弃他的书店。

她甚至显得松了口气，淡淡安慰他的失落，理智地替他分析了在国企的发展前景，赞同这个选择。

林磊怅然。

双倍的怅然。

因为许欣随即告诉他，她很可能要去外地工作几个月。

林磊的怅然，主要是为了书店，人生就此开始走向另一个分岔路口，在这么巨大的裂变面前，几个月的两地分离显得不算什么，只是小插曲。

他替她获得一个很好的成长机会而欣慰，一如既往乐观地说："这点儿时间一晃就过去了，周末啊，假期啊，你飞回来，或者我飞过去，都可以的嘛。"

于是他又乐呵呵去下厨煮面，一人一碗热乎乎香喷喷的猪油葱花麻辣面。

吃完面条，那夜，两个人在小阳台上喝了杯红酒，算是庆祝即将揭开人生的又一页。

瑟瑟冷风里，两人穿着厚厚的棉睡衣，像两只熊一样紧紧拥抱。夜色里高楼如林，灯火如豆如星，未来也像这夜色一样看不清。

也笑着，也感叹着，说了许多话，有些话不着边际，有些话甜甜蜜蜜。

如果时光停在这个点，不再变迁，或许往后日复一日都重复这样的片段：小阳台，隔着厚睡衣拥抱，寒风里看万家灯火……

拎着行李箱在机场和林磊拥抱说再见时，许欣心里一半藏着离别的忧伤，一半藏着奋斗的热望，满怀信心要去做一番事业。

那时她还没有意识到，这个项目其实是公司的一个战略失误。

外方高层对中国市场的不了解、过度的自负乐观、一个方向上的决策失误，导致后面步步维艰。

许欣一帆风顺地出发，半途困入泥泞，得不到支持，看不到希望，整个项目团队都压力巨大。

电话里林磊能感觉到许欣的工作做得极不开心，却也说不上什么鼓励的话，就拿自己的沉闷工作来打趣，安慰她忍过半年，调回来就好了。

半年过后，上司主动发邮件问许欣要不要调回来。

许欣考虑了一整夜，没有和林磊商量，独自在凌晨静夜

里回复了上司的邮件，她愿意继续留在那边。

她要善始善终，不肯狼狈而退。

这次一留就又是半年。

起初两人每天都通电话，久了或是忙得顾不上，或是无甚新鲜事可说，隔三岔五才联系。

许欣出差回来，匆匆待一两天，两人似乎话都还没说够，就又要匆忙打包行李说再见。

每次她回来，都说异地他乡的食物不合胃口，最想念林磊煮的面。

其实许欣不在家的日子，林磊也没心思大费周折，自己总是在外面吃，也有越来越多的饭局和应酬，根本不用操心吃饭的问题。

煮面要新鲜的猪油、辣椒和野葱，每次知道她要回来，他就得提前准备一大堆东西，只为煮那么一碗面。

有几次她的行程临时因工作变动推迟，他准备的东西就用不上。

有次许欣回来了，嚷着要吃面，家里又没有新鲜辣椒和猪油，林磊将就别的材料煮了面，煮得黯然失色。

两人都吃得有些扫兴。

再后来，要是家里没有材料，他们就又像以前一样出去吃了。

家里种的野葱，也不知什么时候都枯死了。

坚持到市场大环境转暖的时候，在那边孤军苦撑的团队总算不辱使命，做得还算有模有样，尤其许欣的表现最是出色。

大老板亲自发邮件感谢他们团队的努力。

顶头上司给许欣打了一通长达半小时的电话，除了告诉她下个星期就可以调回来，更给了她一个大大的惊喜。

他自己就要调回总部升任新职了，临走前，推荐了她接替自己的职位。

林磊去机场接许欣，那时已经两三个月没见面，面对面时，两个人都发现对方变了。

许欣瘦得厉害，匀称身材变得骨感，精气神倒越发利落沉着。

林磊胖了一大圈，在国企工作少不了吃喝应酬，酒局越来越多，好在他个性随和，既来之则安之。

他的书生气已被环境磨去，平和个性反倒在国企的环境里如鱼得水，既不热衷阿谀逢迎，也不在意沉闷陈腐，自做自的本分，几番人事起伏下来，他也渐渐磨炼出圆融世故。

两地分离的这一年间，恰恰是两个人都经历着从内而外转变的时期，也恰恰不在彼此身边。

再回到一起时，就莫名有了一份陌生感，都觉得眼前人有些什么改变了，却又说不上是什么不一样。

原本亲密得毫无间隙的那个人，自以为是世上最了解的那个人，现在需要重新去观察，重新去熟悉。

那天两个人去了一家意大利餐厅吃饭，开了瓶昂贵的红酒，庆祝终于结束两地分离。

侍者将酒徐徐注入高脚杯时，许欣觉察到坐在对面的林磊，隔着烛光，目不转睛地在看她。

她回望他，也隔着烛台散发的柔光，觉得对面的男人气质已圆熟，轮廓也有些模糊。

就着酒和烛光，慢慢说着话，这段日子缺席了彼此的生活，像漏看了连续剧的几集，回头来匆匆补上，才好看懂后面的剧情……许欣一面听着林磊说话，一面恍惚走神这样想。

那顿晚餐吃得并不称心，海鲜意面不合林磊口味，令他一边吃一边想起自己煮的面。

一直没再煮过，也不知道还能不能煮出以前的味道。

吃完饭还像以往一样，顺路去看了场乏味的电影，回到家都觉得饿了。

许欣带着撒娇意味，推林磊去厨房煮面。

林磊进厨房转了一圈，看看乏善可陈的材料，对许欣说，还是打个电话叫烧烤店的外卖吧，面明天给你煮。

第二天林磊打算去熬猪油、做辣椒时，许欣觉得太麻烦了，还是她来简单炒几个菜。

煮面这回事，就这么搁下了，许欣也没有再惦记。

在外地的时候，许欣常常思念那碗面的家乡味道，回来了，反而觉得其实也不是真的那么惦记。

恰如分开时，也有孤单，也有惦念，但总想着只是暂时的分离，很快回到一起就好了。

许欣身边不乏追求者，林磊也有过可以劈腿的机会，但身处远距离牵挂着团聚，两个人都没有花花心思去与别人周旋。

这一碗面的滋味，十年后，许欣还深深记得，记得那午夜里一口香辣回荡齿颊间的销魂。

朋友们都说他们不容易，经受住了距离的考验。

许欣得偿所愿，接替了上司的职位。

以她的资历年龄，到达这个位置几乎算是奇迹，因而她需要加倍努力去证明这个奇迹是理所当然的。

忙碌和压力与日俱增。

两人上班时间各自忙。

下班后，又各自有各自的交际应酬，都一样早出晚归，明明住在一起的两个人，却常常说不上几句话，甚至只在睡前醒后才能见到对方。

更难得再坐在家里一起吃顿饭。

厨房里好久都不动一次烟火。

林磊一个人住的时候养成了早睡早起的习惯，他的工作时间也很有规律，不用熬夜。

许欣却是频繁出差，晚睡成习惯，作息与林磊已截然不同。

从前回家后的拥抱早已忘记了。

早晨醒来后的早安吻也再顾不上，都那么匆匆忙忙，哪里有闲情卿卿我我?

自然也不再在工作间隙互相发短信嘘寒问暖。

甚至林磊的圈子和许欣的圈子，交集也越来越少。工作圈子不相干，从前常在一起的老同学也各自分散，忙于生计，渐渐来往少了。

忙。

谁都忙。

偏偏谁也没抱怨过这样的情形，谁也没表示过不满。

林磊随和宽厚，许欣通情达理，都觉得没必要在压力重重的生活中，再去无事生非，挑剔这些小节。

毕竟，能够平平静静、相安无事地把日子过下去，已经难得。

时间如同流水，不动声色，就这么日复一日从晨昏琐碎间漫淌过去。

喧嚣的世界，每天都在变化。

工作、职位、薪水、成就、挫败、风光、低谷……浮浮沉沉里两人一起稳步上升。

租了更大更舒服的房子，车子也换了更好的，去的餐厅越来越多，每顿饭钱越来越贵。

很多事都在变化，只有这段感情，一年年地相安无事而过，没有半点儿变化。

转眼就要到两人交往的第五年。

两边的父母都含蓄地问起，下一步什么打算。

这问得许欣一时茫然。

再往前一步就是婚姻，再然后呢？就是生儿育女。

许欣尝试去设想，怎样也想不出那种生活该怎么发生在她和林磊之间。

他和她的生活，仿佛已经定了型，就是这样一天天平静无波地过下去。

林磊依然是无可无不可的态度，对婚姻也好，下一步的打算也好，都随和到无所谓，一揽子推给许欣去决定。

反正已没有任何不确定因素，未来看上去也不会再有变数，按部就班走下去就好了。

走快一点儿还是走慢一点儿，早走一步或是晚走一步，的确无所谓。

和一个人相处五年后，什么爱情激情都会淡下来，剩下就是习惯和维持。

彼此的优点不再觉得新鲜，缺点也不再不可忍受。

结婚的必备条件都成熟，两个人都发展稳定，经济条件也不差，什么也不欠缺。

房子看了好几处，中意的也有，商量好了两人各出一半钱买房，这样平等，谁也不差谁的。

两边的父母都问，你俩是在等什么？

林磊觉得他是在等许欣拿主意，什么时候她想结，他都可以。

这让许欣越发有种悬在半空无处着力的空洞感。

真的什么也不欠缺吗？

到了此处，许欣就不敢再想下去，不能放任自己想太多，很多事都是想出来的，不想太多才能把日子过下去。

某天在一处小餐厅吃着饭，林磊一边给许欣舀汤，眼睛望着勺子，一边说："不如这次过年的时候就去领证吧。"

许欣静默了一下，说："行啊。"

他不是一个能搞出求婚架势的人，她也不是一个需要钻戒玫瑰的人。

就这样淡淡吃着饭，就定下了结婚这件事。

吃完饭出来，站在餐厅门口，许欣穿上外套，回头瞟了一眼餐厅的门，笑着说："这就是你求婚的地方，得记着。"

林磊有点儿不好意思地嘿嘿一笑："我们老夫老妻的还用求吗？"

许欣也笑，满不在乎地笑。

然后他搂了她一下，难得温存地替她理了理围巾，又为她开车门。

也许是这一下久违的温柔举动，撩动她心里某处，怦然地，又想起那碗面。

他开着车，她望着窗外街灯掠过的缕缕流光。

想着她的口味喜好，要让她吃得香香的，热热的。

许欣突然说：“想吃你煮的面了。”

他怔了那么一刻，仿佛都忘了他还会煮面这回事，然后笑起来：“手艺早都生疏了，煮出来恐怕不好吃了。”

许欣哈哈一笑，不再说什么。

在结婚这件事上，许欣也没有什么兴奋点，婚纱、戒指、拍婚纱照……这些甚至都不需要，连婚礼她都觉得累赘麻烦。

要说唯一还有什么幻想和期待的，就是蜜月。

她一直想去希腊，想在爱琴海小岛上度蜜月。

跟林磊也一起旅行过，但他对旅行没什么兴趣，再美的地方，他都觉得不如窝在家中沙发上看看书来得舒服。

但许欣还是兴致勃勃地开始设想去希腊的蜜月旅行计划。

人生中的变数，大概总爱在你以为最不会有变数的时候到来。

对于职场上的浮浮沉沉，许欣已颇有平常心，不再像几年前那么连拼带搏。

突然得知要被调往法国工作两年时，许欣也欣喜也迟疑。

站在人生的一扇扇门前，推开，还是不推，许欣总是努力把主动权抓在自己手里。

这一次，这扇门将通向更远的远方，更多不可知的未来。

然而在门的这一边，还有一个林磊。

他怎么办?

结婚计划怎么办?

两个人坐下来商量。

林磊望着许欣，叹了口气："这些年，你是越走越远了。"

许欣沉默地望着他已经开始发福的脸，问他有没有想到怎样安排两个人今后的打算。

林磊摇摇头，窝在舒服的沙发里，一如既往松散的姿势，莫名有些激起了许欣的烦躁。

她提高了声音问他："你连这都懒得想一想？"

被她这样一激，林磊抬起头，与她对视，眼里的失望也不加掩饰。

明明要远走的是她，搅乱原本顺顺当当的步骤的也是她，他一直都在原地安如磐石，任她折腾。

“这样吧，”林磊心平气和地说，“我们先把婚结了，你再去法国，我等你回来。”

这个回答也不算意外，合乎他的个性。

许欣一时无言。

林磊审视她的表情，半开玩笑地说：“总不能就分开吧，到底也是五六年的感情了。”

许欣知道他轻飘飘的语气下，也掩饰着他的不安忐忑，却仍被这样的态度和话语，凉到了心尖。

他在沙发里换了个舒服点儿的姿势：“那你怎么打算的？”

在坐下来谈之前，许欣已经在心里分析了很久，把自己的打算，方方面面都考虑得详尽具体。

然而此刻，却不知怎样开口。

她定了定神，望住林磊：“你以前一直说，最理想的生活就是纯粹地读书，纯粹地学点儿自己喜欢的东西，不管什么学位和工作。现在你还是这么想吗？”

林磊哂笑：“这个当然是理想化的生活。”

许欣望定他：“现在不就有机会把你这理想变成现实吗？我去工作，你去留学，两年刚刚好。我们一起去，怎么样？”

林磊有些错愕，神色复杂地看了她一会儿，苦笑起来：“这不现实，我辞掉工作，这把年纪跟你跑去法国读书，让你养活？这像话吗？”

他笑着笑着，回味她这话，心里发涩。

她从来都没把他那份死气沉沉的工作看在眼里，所以能这样轻易建议他丢下一切，像丢掉一个不值钱的破玩意儿。

但对于他，这已经是他熟悉的生活，是他的安身立命之地。

“或者，你不走？”

林磊这样问。

话出了口，蓦地就像一个缺口被打开，感情洪水猛兽一样往外涌，他意识到他舍不得。

这些年来的习惯也好，感情也好，都已成了舍不下的眷恋。

许欣也在心里默默问自己同样的话，是不是就不要走了，留在原地，结婚成家，相夫教子，把这没有悬念也没有风险，没有惊喜也没有欠缺的生活继续下去？

没有欠缺？

这一刻许欣悚然而惊。

怎么没有欠缺，这些年，他和她，都欠缺了对未来的热望和期盼，把人生当成了一盘得过且过的散沙。

他否定自己理想中的未来，安于现实，就像安于待在最让身体舒适的沙发，不再对自己有更多要求。

而这正是令许欣恐惧的生活状态。

男女间激情冷却了，不要紧，哪怕还有那么一碗热腾腾的浓汤红油的面，盛满对生活的热望。

如果连这点儿热望也没有了，生活就仅仅只为凑合?

没有争吵，甚至没有埋怨，那天谈完之后，直到许欣临走之前，两个人依然和和气气，相安无事。

“婚也不必先结了，”林磊说，“顺其自然吧，分开的时间里彼此自由。如果两年后，你没有别人，我也没有别人，那就我们还在一起。”

许欣点头。

两人没再刻意说什么，做什么，该一起牵手去看电影还是去看电影，该一起去父母家吃饭还是去吃饭。

直到许欣要走了，一样样收拾行李，林磊也还帮着整理，问她留在家里的东西怎么归置。

问着问着，他有些不着边际，不着头绪，终于发觉自己有些失魂落魄。

林磊转身走进厨房，想独自静静，眼角瞥见久已闲置的存猪油的小罐子，鬼使神差走回去问许欣：“要不要给你煮碗面？”

埋头收拾行李的许欣闻言一怔，缓缓抬头看向站在厨房门口的林磊。

他拿着个空猪油罐子呆呆地站在那里，胖了，穿着已不合身的睡袍，像一只憨态可掬的熊，却带着悲伤的表情。

许欣慢慢站起身，从心底汹涌翻滚上来的感情，把她的果决勇气冲击得摇摇欲坠。这种久违的感情，仿佛是爱意，又仿佛是依恋，令她突然间脆弱不堪。

她扑进他的怀抱，用尽力气拥抱，眼泪把他的睡衣打湿。

他像是愣了，好一阵一动不动任她抱着。

许欣带着哭腔说："我不想走了。"

他抚摸着她的头发，勉强微笑："不要这样，不要哭啊，这是你自己想去做的事，那就开开心心去吧。"

她哭出声来："可是你一个人在家怎么办？"

他还是笑："我好好的，你也会好好的，以前又不是没分开过，说不定时间一晃就过去了，你就又回来了……"

她只是摇头哭："不，我不走了！"

他捏她的脸颊，推她去收拾行李："不要任性。"

那一夜两个人紧紧抓着彼此的手睡觉，像很久之前那样。

直到这一碗面，点燃他的厨艺之魂。

他送她去机场，陪她到安检口排队，排了人最多的那一行，可以陪她久一点儿。

陪到必须要说再见的时刻，她强颜欢笑，他故作镇定。

“来，再抱一下。”他笑嘻嘻朝她张开双臂。

最熟悉的怀抱。

最熟悉的身体。

小心翼翼，再拥有一刻，然后放开。

他知道他已留不住她，哪怕有过那一刻的眷恋不舍，迟早她还是会朝她心之所向的远方奔去。

她红着眼睛转身往里走，不敢回头。

却听见他叫：“欣欣！”

许欣回头。

林磊满脸灿烂的笑，红着兔子一样的眼睛：“等你回来时，我煮面给你吃。”

四年后再相见时，男已婚，女已嫁。

林磊的太太是他同事，大方贤惠，持家有方。

许欣的先生是个褐发蓝眼的法国人，风度翩翩。

她已辞职，和先生一起打理画廊，自己也学着做些绘画设计，日子悠闲安逸。

他的事业心则渐渐重起来，在单位也是个领导了，神色举止间多了许多严肃担当。

命运发生了这样有趣的小小颠倒。

他终于成了过去她希望他变成的样子。

她也终于成了过去他希望她成为的样子。

于是终于可以互相欣赏，以两个老朋友的样子。

见面时他们叙旧叙了许多，却谁都没有提起那碗面，那碗再也没煮成的面。

林磊彻底地忘记了从前煮面的手艺，再也没有闲情在深更半夜又是猪油又是辣椒地折腾一碗面。

他偶尔也会想起，也知道，自己再也煮不出同样好吃的面来。

许欣在异国他乡为了解决中国胃对故乡美食的思念，练出了一手好厨艺。

从前她拿手的菜只有木耳炒肉片和番茄鸡蛋汤，如今什么菜都烧得有模有样，法国菜、中国菜都不在话下。

许欣倒是尝试过，想煮出那碗猪油香葱麻辣面。

不知道是异国的食材味道不同，还是换了水土，怎样煮，都不是记忆里的味道。

当第一次，林磊煮出那碗面，问许欣好不好吃。

许欣说，好吃到黯然销魂。

这面就有了名字，其实它叫黯然销魂面。

当时谁也没有想到，那红汤浓香的惊艳，往后真成了时光里的一缕黯然销魂。

十年一碗销魂面，当香气散去，残汤剩汁固然不免黯然，终究令人不忘的，还是猪油的踏实、辣椒的尽兴，与小葱的余香。

冷暖自知
蜜汁烤翅

文/马拓

我浅浅地一咬，感到了一片酥脆，然后便是带着热气的松软和肉香。那味道既层次分明又浑然天成，包着一层温暖，在五内疏散寂寞。再想到这温暖是沐泽制造的，我忽然更觉感动。别看是三伏天，我却有种冰雪消融的感觉。

我差一点儿就要流泪了。

做法

1. 蜂蜜和老抽兑成汁。蜂蜜要确定是甜的，老抽要确定是咸的。
2. 盐、胡椒粉、蚝油与汁一起浇在鸡翅上拌匀封好，放入冰箱冷藏腌制一夜。如果有什么原因令你等不及，最短也只能短到两小时。
3. 腌好的鸡翅放入烤盘，刷上少许腌料汁。
4. 放到炉子上，表面继续刷蜂蜜，熟透为止、甜透为止。
5. 最好再配上一曲pianoboy（钢琴男孩）的钢琴曲。别嫌不搭调，你试后再说。

我和同事跟着一名收押民警，走在空旷而封闭的走廊里，掠过无数扇严丝合缝的铁门，爬上无数阶设有防护网的台阶，一路上除了门禁“嘟嘟”的提示音，就是我们沉重的喘气声和脚步声。终于，走廊尽头的一扇铁门砰然打开，走出一个娇小的身影。这女子身穿“号服”，头发齐耳，面貌娇小，目光如炬。我们跟她表明了身份，她马上转向我们，点头示意。

就在一个星期前，她杀死了她的男朋友。

作为一名预审民警，我的工作就是讯问嫌疑人，把他们的笔录梳理出证据，交给检察院，再由检察院对他们提起公诉。面前的这个姑娘叫初薇，罪名是“过失致人死亡”。刑警队之前已经给她做了不下三份笔录，但当我们跟她核对时，她一再强调："我跟死者不是男女朋友关系，你们不要搞错了！"

我翻阅着笔录，问她："事发时间是深夜两点，地点是春露植物园的三号大棚里。李超后脑磕在水池中的假山石上，猛烈撞击之下脑部充血而死。你之前也供认了是你推的他。对不对？"

"对。他要强奸我，我反抗来着。"初薇面目平和。

"你俩为何会在那个钟点出现在那个地方？"我想她应该能明白我的意思。

她不说话，雪亮的眸子垂下去，脸上黯淡起来。

我旁边的女同事感觉不对，说道："是不是有什么不好说的？要不咱们单独聊聊？"

初薇嗫嚅着："前因后果太多了。如果要说，会很长时间，你们不是有时限吗？如果和定罪没太大关系的话，你们就把他写成我男朋友吧。我自己明白就行。"

我说："当然有关系。你的犯罪现场只有你们两个人，没有旁证，而且现在也没有找到他蓄意强奸你的佐证，再加上如果你承认他是你的男友，那么处境对你会非常不利。现在你已经被刑拘，不像传唤期间那么有时限。至少你应该说清楚你和他那么晚怎么会在那里？"

树林、花丛、院墙，点缀出了一段青春故事。

她掉了两滴眼泪，然后开始了陈述。在她的述说中，一段悠悠往事现了形。她的一切造句和形容，都在她温婉的表述中化作画卷，盖过了周围的白墙和铁椅子，蔓延到我们脚下。树林、花丛、院墙，点缀出了一段青春故事。当然，还有那夜改变她生命轨迹的惊心动魄的一幕。

01

我叫初薇，从小就生活在这个城市。我家在郊区有个养鸡场，自从我上大学之后，我爸妈就搬到场里住了。每逢周末和节假日我也回那里和他们团聚，他们在场子的最深处找了一间小房，刷了新漆走了电线安了暖气，让我住在里面大门不出二门不迈。其实他们是小瞧他们闺女了，我人长得不错，学习也拔尖儿，再加上殷实的家境，在学校里没谁不把我当号人物。尤其是那帮男生，成天递纸条抛媚眼，小动作不断。李超就是这众多追求者之一。

说实话，我一开始不反感李超。他是个聪明人，被我明确拒绝后并没有死缠烂打，而是和我称起了兄弟，没事时闲扯几句，有事时招之即来绝无二话，让人很舒服的感觉。别看李超外表大条，内心其实很有主意。一些在学校里我烦心的事都是他想辙帮我化解的。这点我很感谢他，还从我家提过两只鸡专门给他当作谢礼。

我的生活一直没有太大改变，这让我感到时间的漫长。我没交男朋友，一是胆子小怕挨抽，二也确实是没有看上眼的。我也问过自己到底喜欢什么样的，但始终无解。我二十二岁了，是个差不多谈恋爱的年纪了，特意去找一个吧，怕吃亏；这么单下去吧，又总觉得缺点儿什么。于是那段时间我开始给自己制造矛盾，情绪变得不太正常。一次我无意间甚至跟李超说过，想找个男朋友。李超的反应很快，说："你要真想找，我就去问问朋友，帮你介绍一个。"

我拒绝了他，不过从此更加信任他。

生活中开始有了一些改变。春天快要结束的时候，一天早上我听见我的窗外传来一阵说话声。听声音像是个小伙子，不是本地口音，但音色很是清澈温柔。他断断续续地说着一些"吃饭了""赶紧，别闹了""这个放哪儿啊？不碍事吧"之类的话。中间还穿插着几个别人的声音，听口音都是一个地方的。我当时觉得挺有意思，因为我的窗外就是场子的院墙，院墙外应该是一大片开阔的树林和草地，想必是一些来野炊的人驻扎在那里了，和我一墙之隔。我还从没野炊过，我爸妈不准我轻易和朋友出去，更不准我拾刀动火，所以我很想听听野炊都应该有什么内容。窗户太高，我搬了椅子都够不到，于是我跳出屋子，到院墙下面去听。那边的小伙子说：“你那个排歪了，重新弄一下。”然后是一个女孩子的声音：“我搞不好，你来。”接着是一个老人的声音：“这有什么搞不好的！看书把脑子看坏掉了吧！”接着就是那女孩子与老人的一阵争执。

我有些失落，半天没有听见那个小伙子的声音了。

好在他们第二天早上又忙活了起来，看来这些人是露了营。这天小伙子心情很好，和那女孩子一直说说笑笑。他的话语很奇妙，不很快，却显得异常连贯；不诙谐，却让人忍俊不禁。尤其当他哈哈大笑时，我竟然也咧开了嘴。然后我觉得自己很怪异很滑稽，具体说不出来，反正是传出去一定会让人笑掉大牙的那种。

我很快忘了这件事，回学校上了一星期课，再回来时赶上个下雨天。我闷在屋子里玩儿电脑，忽然窗外依稀又传来那几个人的声音，刚开始窸窸窣窣的，后来逐渐清晰起来。好吧，我承认有我竖起了耳朵的原因。

那小伙子好像一直在念个什么东西，不时得到那女孩子的一些回应。他在念什么呢？我鬼使神差地撑了把伞，顶着噼里啪啦的中雨猫到墙角里，听着他一句一顿地朗读。原来他在给那女孩子听写。女孩子应该是他妹妹，他念一个词，隔几秒钟妹妹应一声，然后他再继续。听他念的那些词句，好像妹妹只有小学的样子。她妹妹有点儿笨，他念完一个词，我都在砖上写了好几遍了，妹妹才大功告成。有时候妹妹还不会写，他还要苦口婆心地描述，我都替他起急。在淅淅沥沥的雨里，他的声音显得更加柔和与生动，好像是一段老电影里的旁白，虽无修饰，却让整个画面都温存起来。

他们怎么现在还没走？他们还安营扎寨了？

我的关注逐渐演变为好奇，但那天的雨一直持续到我返校前。我爸备好车来叫我，我把他关在外面，在窗下摞起两把椅子，站上去想一睹他们的模样，但窗外一棵大槐树浓密的枝丫阻碍了我的视线。我支棱着耳朵使劲收集“情报”，不过很遗憾，这次除了雨声再没有其他动静。他们终于走了？我慢慢吞吞地换着衣服，头一次这么满腹心事地离家返校。

02

我连着两星期忙期末考试，等回来时已放了暑假。让我欣喜的是，窗外的他们居然还在。那小伙子的精神头儿似乎越来越好，话语和笑声常常萦绕耳边。我发现他说话不紧不慢，很少打磕巴。被人提问时，也是顿两秒，考虑周全后给出一个明确和简洁的答复。即使是有人拿他开玩笑，他也是机智地反呛或是绕开。比如那次他说他妹妹不务正业，他妹妹不服：“你务正业，不是也没考上大学吗？”他不急不恼：“有你这么个让人操心的妹妹，怎么务正业都是白搭！”他母亲在一边灭火：“沐泽，你别招她，臊着她！”

那是我第一次知道他的名字。

那是我第一次知道他的名字。我忽然灵机一动，拿出手机，打开微信，查找附近的人，果然在一百米之内找到个叫沐泽的人。他的头像是张小得不能再小的照片，长方脸，挺瘦的，看不清五官。

他却不加我，这家伙还挺会玩儿矜持。

一天下午，墙后面除了小女孩儿和父母的对话，我没再听见沐泽的声音。我备感疑惑，于是终于决定绕到墙外面一探究竟，也看看他这一家人到底在那里干什么。我觉得自己跟平常不大一样了，虽然陡然有了勇气，内心却极为慌乱。我家的场子很大，连正门都地处偏僻，更别说后院的墙外了。我沿着一条松松垮垮的土路，踩着路边星星点点的野菊，假装惬意地欣赏风景，生怕那些心事乱了步伐的节奏。但我无法控制自己的想象力，脑里凭空蹦出无数个疑似沐泽的形象。我并不是个理想主义者，所以我给每一个虚拟形象都设计了各种粗糙的细节。我甚至给沐泽设计了各种缺点甚至缺陷，以防自己见到他后落差太大难以接受。但我发现，我的亢奋并未因此消退。沐泽那优质的音色、顺和的腔调、爽朗的笑声足以击退一切亵渎。

我先看到了那棵参天的大槐树。树真大，估计有上百年了，就是它用无数片叶子阻隔了我和沐泽之间的空气。它的周围是一片自然形成的树林，并不茂盛，但绿叶成荫，自然而然。然后我看到紧贴着我家院墙的地方有两只油布帐篷，帐篷旁边错落有致地摆了很多木头箱子。不远处还支了张小桌子，一个老妇正在桌边无忧无虑地嚼着黄瓜。这时不知从哪儿蹿出个小女孩儿，应该就是沐泽的妹妹，戴了一副大得夸张的眼镜，嬉皮笑脸地跟老妇说着什么。我站在她们对面不远处，继续搜索着这个基地。那老妇扔掉黄瓜把儿，朝我招招手说："姑娘，要蜂蜜吗？我们这里纯天然，可比商店里卖的货真价实。"

原来是一家子养蜂的。第一层谜底被揭开，我开始探寻更核心的秘密。沐泽在哪里？

老妇还在卖力地揽我的生意，不断给我介绍蜂蜜的魔力。我干脆坐在她对面，做出一副想掏钱又举棋不定的样子，勾着她继续聊下去。聊了半天，我身后响起了一声喇叭，是一辆货车停靠了过来。我看看表，已经过了一个钟点，再抬眼时，一个中等个头但四肢修长、头发乌黑的年轻人从驾驶室跳下来，和副驾驶下来的一个老汉一起走向老妇。我心里敲着鼓，直勾勾地看那年轻人，等他开腔说话。那老妇先是积极地向他介绍起了我，说这姑娘是住附近的，来这儿看看蜂蜜。年轻人看了我一眼，似乎还笑了一下，然后就去了后面。

他脸上起了一些皮，可能是洗完脸没抹油的缘故，但皮肤大体还是白亮的；头发有些乱，尤其是后脑勺儿，一看就是睡觉压出了波浪。至于五官，客观来说还是挺普通的——但是那种状态下，我恐怕也无法客观。我眼珠子像被他牵了线一样，看着他在油布帐篷前拿出了什么好玩儿的东西交给妹妹，说是什么卖完蜂蜜在镇上买的。然后两人又叽叽喳喳地谈笑起来。

他就是沐泽，就是我成天躲在屋里偷听他一举一动的人。这世上竟然还有这种套路的邂逅，还真是……挺刺激的。

03

那次和沐泽见面不过区区几分钟，我便实在找不到理由继续在那里待下去了。走之前我还不忘买一罐他家的蜂蜜，说实话，价格并没沐泽他妈妈吹得那么划算，而且对我还毫无用处。我只能每天早上用它泡水，据说能缓解便秘。我肠胃一直不好，成天跑肚还来不及治呢，倒先对付上便秘了。我真是病得不轻！

不过我感到自己并没有爱上沐泽。我之所以对他感兴趣，无非就是这种挺悬疑的相遇。正因为有了一个悬疑的开始，才让我觉得真相是如此好玩。可是我并未触到真相，这个沐泽的为人处事、内心世界我仍旧是一无所知，所以我的好奇心不消反长，愈演愈烈。于是第二天，我就计划着准备再去那里会会他。

当然还是要拿蜂蜜当话题。这次我到了他们那里时，他正在两只蜂箱前面忙活。周围嗡嗡飞绕着无数只蜜蜂，他把蜂箱打开，抽出里面的一块板子，又把一块新板子放进去，然后盖上盖子，又提着一壶什么东西往箱子的洞里倒。他母亲在一旁看见了我，笑呵呵地冲我打招呼，问我是不是有什么需求。我讪讪地看了看她，然后佯装自然地踱到沐泽身边，做出一副欣赏蜜蜂的样子。沐泽看了一眼我，似乎没什么反应，又低头去兑热水了。

我问："还用喂它们吗？"

沐泽那优质的音色、顺和的腔调、爽朗的笑声足以击退一切亵渎。

他说："对。"

真够简洁的，都不够我去辨别这声音。

我说："为什么？"

他这回看着我："就是一些蜜啊、水啊、花粉什么的。"

我噗地笑出来："我是问你，既然把蜜蜂放出去采粉，为什么还要专门再喂它们？"

他愣了一下，给我介绍了一些养蜂的常识，比如什么蜜蜂的习性、什么花期怎么产蜜什么的，我听不太懂，当然也和我无法集中注意力去听有关。我看着他薄薄的嘴唇简单地分合，吐出一段段曾在我那里余音绕梁多日的声音。这声音的载体近在咫尺，好像摸到了一个愿望，走进了一个梦境。这些贱贱的感觉都让我不太好意思起来。

"它们不蜇人吗？"

"不会，它们很乖的。"他憨憨地笑着。

树林对面是一片开阔的绿地，沐泽说这正是他们驻扎在这里的原因。他们要随着蜜蜂的喜好风餐露宿。这里野花遍地，紫花地丁、琉璃繁缕，还有一些野生的串红，被风一吹像是动画片里主人公欢笑或是流泪的场景。要是他们这个营地再有个喇叭，放上几段舒缓的曲子，那我保准会销魂地晕倒在此。

沐泽笑笑，说我的建议很好，以前有很多同行就是这么做的，据说能刺激蜜蜂，促进蜂蜜的产量。我无意间开发出一个新话题，当然要顺下去，问他觉得放些什么音乐好？平时喜欢听什么歌？他想了想说，记得原先在电台里听过台湾的pianoboy的钢琴曲，觉得很不错，不过后来再也没有听到过。

我铭记于心，当晚在网上搜索半天，终于找到了那个名不见经传的pianoboy的几首曲子。然后我抓起手机，向沐泽打招呼，告诉他这个喜讯。

他加了我微信，很客气地感谢我。

我飞快地敲字：回头我拿给你。

半天，他回：你怎么拿给我？

我说：我有MP3。

他说：那就算了，MP3也不能外放。

我搜肠刮肚地想半天，说：你家不是有货车吗？车里不能外放吗？

他打了个无奈的表情，说：那车别提MP3了，连光盘口都没有，只能插卡带。

我在转椅上思忖良久，给李超拨了一个电话。

04

李超家里是开音像店的，我觉得他能有办法把MP3转录成卡带。李超还是那副仗义得一塌糊涂的样子，啥都不问就让我把文件给他传了过去，不过他交代得需要几天的工夫。因为这年头卡带和BP机一样，恨不得要去古董店里淘。

这几天我没事就去沐泽那里溜达。我已经买了四罐蜂蜜了，连他都问我怎么需求量这么大。我忽然支吾着说不出话来。要怎么说？直说，怕吓到他；瞎编，又蒙不住他。他可聪明呢，别看平时话不多，心里比谁都有数。他爸酒后晕头转向地丢了钱，他故意把自己的钱扔到帐篷里让他捡到；他妹妹糊里糊涂地把一只蜂王放走了，他连夜把那蜂箱彻底腾空，混迹在最后面，避免父母识破。让我欣喜的是，他竟然愿意跟我分享这些秘密。这是不是意味着，我们已经熟了？可是我的蜂蜜已经四罐了，还能怎么继续熟下去？

后来我都佩服自己的智慧。我对他说："我们来做蜜汁烤翅吧。我蜂蜜吃不过来，家里也有鸡翅，不如你们来帮我处理处理这些东西。"他没说话，倒是他妹妹，那个总是喜欢躲在树后偷听我们说话的小鬼跳出来，拍着巴掌赞同我。我笼络她："只要你哥哥同意了，咱们随时都能弄。这季节，这资源，打着灯笼都没地方找啊。"

她妹妹口水都快流到脚面了。他却瞪她，眼里是很明确的反对。他把她轰回帐篷里，然后继续做他的巢皮。他拿着大剪子咔嚓咔嚓努力剪着皮，我就在一边翻来覆去地猜他的心思。有时候喜欢一个人，就真想把他的内心都挖出来。如果一辈子都挖不完，才说明这爱情是天长地久的。

我说："喂，我的建议怎么样呀？"

他头也不抬："啥怎么样？"

我说："做烤翅呀。你不想吃？"

他说："不想吃。"

"为什么？"

"不好这口。"

正因为有了一个悬疑的开始，才让我觉得真相是如此好玩。

看来他这颗心还真是挺难挖的。

过了两天李超把一盘磁带给了我。那天中午特别热，我连午觉都没睡，先去厂房的冰库里拣了一袋子鸡翅，又把小时候我爸给我烤羊肉串的那套家伙找出来，然后顺着梯子爬上院墙。居高临下地望去，正好看到沐泽坐在马扎上的背影。他好像正百无聊赖地等着生意，我拢着嘴叫他："喂，过来帮个忙！"

他疑惑地过来，我就开始把塑料袋、炉子、箅子往下扔。他好像全明白了，但还是无动于衷："这是干什么呢？"

我在上头指挥："你把东西预备好，我这就过去。"

"我不是说了我不吃吗？"

"那怎么办？我都扔下来了。"

"你再拿回去呗。这么多鸡翅，大热天的别坏了。"

我做出生气的模样："你行！让我瞎折腾是吧！我这就跳下去拿行了吧！"然后我就动作幅度很大地扒墙头。他在底下急了："嘿嘿嘿，你疯了吧？"我在上面张牙舞爪："你不是怕坏了吗？要是这么急，我现在就下去给拿走！"沐泽没话了，急得团团转。我还是第一次见到他这么手足无措的样子，差点儿乐出声来。最后他做了一个投降的姿势："好好好，你千万别跳，绕过来吧，过来再说。"

我磨蹭着绕到后面，见他已经摆好了炉子，正一脸认真地检查着炭和鸡翅。我大摇大摆地过去问："怎么，还不赶紧烧火？你还怕我家这鸡有禽流感？"

他瞪我一眼："腌都没腌，怎么烤？烤出来能吃吗？"

我问："怎么腌？"

他稀里哗啦地翻着塑料袋，跟查找犯罪证据似的。半天后，他说："除了鸡翅，啥都没有？真服了你。"

他从帐篷里翻箱倒柜地端出一些作料，说："先调汁吧，不腌，根本没法吃。"

我和他妹妹要帮忙，被他无情地轰到一边。老抽、蚝

油、蜂蜜、胡椒粉，摆在我们面前花里胡哨种类齐全。沐泽白皙修长的手指在这些瓶瓶碗碗中交错，不时还端起小勺尝尝咸淡，颇有五星大厨的风范。更让我吃惊的是，他叮叮当当了半天，小桌子上不见一滴油点一片盐渍，连锅碗瓢盆的位置都完好如初。再看他调出的酱汁，已是四处飘香了。我问他：“你们家到底是卖蜂蜜的还是开饭馆的？怎么作料这么齐备，手艺这么地道！”他还在调试，半天才答：“要么就不吃，要么就吃好。我是怕你这一大袋子鸡翅糟践了。”

我们开始抹酱汁，这是最让我受用的环节。我可以随心所欲地在他身边晃悠，享受着他身边的每一缕空气。他的酱汁虽然正宗，量却很有限，我只能蘸一点儿涂一点儿，生怕甩出几滴让我们彼此心疼。这个过程中除了他妹妹嘻嘻哈哈了几句，我们几乎没有交流。这不符合我的性格，也完全背离了我当初的战术。我之前总是认为两人之间话越多才能越熟络越亲近，但这一刻看来，这是格外幼稚的想法。两人唾沫横飞半天，倒不如静静地待着，感受对方的存在。周围一安静，心跳立马乱了节奏。那就让节奏彻底解散吧！

他说：“腌好了，不过要搁一宿。”

我说：“你没事吧？搁一宿，就这天儿还不臭了？”我擦着满头大汗。

他抬抬眼，看着眼前那片被晒得晃眼的土路，说：“那最起码也得搁俩小时。”

我忽然想到了还有其他节目，拿出了那盘磁带，说：“走走走，带你们听个好东西。”

他家的车停在好几百米外的树荫里。天气这么热，说是要隔俩钟头就挪一次，追着阴凉走，省得被晒得没法开。我亢奋得不行，以至于没注意竟然把他妹妹放在座椅上的眼镜坐坏了。我至今无法理解那丫头片子听个歌为啥要把眼镜卸下来。好在他看了看说问题并不大，回头他拿钳子正一正就行。于是我随手把那眼镜放在了风挡玻璃前，又一本正经地插进了磁带，好像等着什么神圣时刻降临一样地满脸虔诚。

钢琴曲这时爆发了它的魔力。本来几首在我听来并不抓人的曲子，此刻把我的心都要融化了。我偷瞄着沐泽的侧脸，捕捉着他的享受，然后细水长流地吸收和消化。我记得那天太阳特别毒，好像车子停在非洲，外面是一片荒芜的沙漠，万里无云，热气波动，让人感到岁月的停顿。我和沐泽在舒缓的钢琴声中，好像正在慢慢从这世界上消失。

我们会去哪儿？是并肩偕行还是殊途同归还是分道扬镳？这些本应让我惴惴不安的疑问，此刻都像是甜蜜的打趣，让我偷笑。

一个多小时后我们跳下车，开始真正地烤翅。沐泽烤出的头两只给了他妹妹和我，我竟然比她妹妹还乐。那样子，真像是灾民领到了救济粮。舔一口，那种细品才能品出的神奇甜味儿渗透到舌尖，好像嘴边是一根小时候引以为傲的棒棒糖，不用吃，拿在手里就是一种幸福。

但我怎么能不吃？我不吃，沐泽就不会继续烤下去。我浅浅地一咬，感到了一片酥脆，然后便是带着热气的松软和肉香。那味道既层次分明又浑然天成，包着一层温暖，在五内疏散寂寞。再想到这温暖是沐泽制造的，我忽然更觉感动。别看是三伏天，我却有种冰雪消融的感觉。

我差一点儿就要流泪了。

沐泽见我忽然不说话了，就问："怎么了？"

这是他第一次照顾我的感受，我慌乱之余也有些惊喜，忙说："没怎么，你烤得真好吃。"

他只是笑笑，甚至不看我。他是不好意思还是怎么的？

他胳膊上流畅的曲线、细细的汗毛、几抹俏皮的炭黑完全占据了我的视野。这恐怕是我有生以来看的最持久的画面了。

忽然远处有声音。沐泽的父母拎着东西从外面跑过来，语速飞快地朝我们喊着什么。我下意识顺着他们的指点望去，看到了一股被阳光照射得格外立体的黑雾，那雾规模庞大形状可怖，在土路上乍然升腾，仿佛要吞没整个世界。到这个时候我依然没反应过来，只是看着沐泽发狂一样地跑过去，然后身后夹杂着他妹妹地动山摇的惊叫。

他们家那辆货车，已经浓烟滚滚！

后来我才知道，强烈的阳光可以把一切光亮的东西变成透镜，聚光出火，比如我随手放在风挡玻璃前的那副眼镜。

05

火虽灭得及时，但那车也已经是半报废状态，玻璃被熏成了茶色，驾驶室的座椅、方向盘什么的烧得一片狼藉，方圆几百米都是刺鼻的煳味儿。他爸爸从别处借来了绳子，费了九牛二虎之力把车拖走，和沐泽一起到镇上看看能不能修好。临走时我追着沐泽，说要跟着去。这是心照不宣的提示，如果他不懂，那我一定要有一个负责的表态。我太蠢了，也太点儿背了，怎么能给他捅出这么大一娄子！

他却简单平静地拒绝了我："没事，你先回家吧。不要对别人说起。"然后指了指那边焦头烂额的父母。

那晚回家后我坐立不安，给沐泽发微信一直没有音讯，也听不到墙那边任何的风吹草动。

我觉得周围忽然静得怕人。

连着两天我都不敢到后面去。第三天忽然下起了暴雨，伴随着怒吼的狂风，整个天空都灰暗无比。等我再见到沐泽时，他家的蜂箱都塞进了帐篷里，整片树林乱七八糟，无数的水坑和烂泥，连下脚的地方都没有。沐泽搬了马扎坐在树下，打着手机好像在联络外面的父亲。他妹妹一个人在后面和泥玩儿，弄得一脸泥垢。

等他挂了电话，我说："实在是对不起。"

他顿了顿，说："没关系，现在还在外面修，应该能修好。不过这地方是待不下去了。大风把花都吹谢了，蜜蜂没得采，我们可能要换块地方了。"

"去哪里？"

"不知道，看看再说吧。"

"什么时候动身？"

"明后天吧。"

沐泽要走了，这意味着我再也无法在墙这边听到他的声音，再也无法去他那里聊天、玩耍，再也吃不到那么美妙的烤鸡翅了。这些"无法"积聚在一起，对我来说就是一个灭顶之灾。我开始焦虑和惶恐，害怕自己回到以前那段了无生气、千篇一律的生活。更让我不安的是，沐泽家的灾难有一部分也是因我而起的。本来我还有机会补偿和赎罪，但现在这个突如其来的分离让一切变得缥缈而未知。我心疼和爱慕沐泽，但我好像无法改变什么。对于那些无法控制的事，人唯一能做的只有无限叹息。

我无意中和前来找我抄作业的李超提起此事，李超静静聆听，卖力思考，然后说："其实也有办法，就是不知道你敢不敢试。"

"什么办法？"我支棱起耳朵。

"他为什么走？不就是因为附近没了花，蜜蜂采不到蜜了嘛。你找一些花种上，不就能把他留住了吗？"

听着倒是那么回事，但到哪里去找鲜花？找野花，来不及采，也不可能采够；去镇上买，手头又没钱，除非去管爹妈要。我应该怎么跟他们说？说我看上了一个养蜂男子，要买上几百朵鲜花来给自己创造机会？

"你怎么那么轴啊？"李超眼珠子飞快转着，"山下不是有座植物园吗？那地方下午五点就关门了，咱们可以等半夜过去，偷点儿现成的花运出来，然后种在你家墙后面。路我熟，就是不知道你敢不敢。"

这简直是丧心病狂了，我连忙摇头："不成不成，那不成偷东西了吗。再说了，大半夜去那里，我也害怕啊。"

两人唾沫横飞半天，倒不如静静地待着，感受对方的存在。

傍晚时分，我又去了沐泽那里，看着他和母亲、妹妹一起收拾东西。他说他爸爸明天会租一辆车过来，然后载着他们就此离开。

地上泥泞一片，一些烂树叶子和水坑占据了我们烤翅时的地方。我踩棉花一样地朝他踱过去，问他用不用帮忙。

他说不用。

真是变得太快了。前几天我们还在这里自己动手丰衣足食，今天已经是送别的场面了。他也像是回归了我们第一次见面时不咸不淡的态度，自己忙自己的，好像我从未出现过。我真恨自己怎么没有这种心理素质。

我差一点儿就表白了。但这绝不是表白的场合，也不可能收到什么效果。我只能硬着头皮制造私密的氛围："其实，有你们在，有你在，我这阵子挺高兴的，真的。"

她深深呼吸，仿佛仍能闻到那股香甜而绵延的美味。

他忙得满头大汗，弯腰起身，笑道："我也挺高兴的，以后常联系。"

"你们准备去哪儿？"

"不知道呢。"

我深一脚浅一脚地往家走，翻来覆去地分析他那两句话。他说挺高兴，是真心的还是客套的？他说常联系，是主动的还是敷衍的？他那一丝笑意，是发自内心的还是生挤出来的？如果想不出答案，我真感觉我会琢磨一辈子。

为了把这未知的答案留住，我又给李超打了电话。

我们预备好手电和几只编织袋，趁着夜色，从春露植物园的侧门翻了进去，随便进了一个没上锁的塑料大棚。大棚里黑得伸手不见五指，手电一晃，能看见地上错落有致地码放着盆栽，以及不远处硕大的芭蕉树和层峦叠嶂的假山。本应是很美的场景，却在黑暗中显得毫无生气。我们俩四处摸索，好像被千万双眼睛注视着一样做贼心虚。我体内好像有股强大的能量支配着四肢，让我尽管惊恐，尽管心悸，却依然坚定不移地寻找那些能轻易地栽在地上的花花草草。我甚至分心地幻想着第二天沐泽看到那片荒废了的土地上一夜之间鸟语花香的兴奋表情，幻想着我们再一次点燃炊烟烤鸡翅的美妙景象，幻想着我从他那里探寻我绞尽脑汁辗转反侧也不得其解的答案。我想一切都是值得的。

忽然我觉得不对劲，身后李超的呼吸越来越急促。我一回头，正抵上他在黑暗中仅剩两只光圈的双目。我下意识哆嗦了一下，问："你怎么了？"

然后我整个身子就被他紧紧箍住了。

06

初薇讲到这里浑身发抖。还是我先回过神来，仔细整理一下笔录，问道：“这就是你为什么在那么晚和李超出现在春露植物园大棚里的原因？”

“对，如果不是为了让沐泽留下，我不可能在那个时间和李超去那个地方。但没想到是他一步步给我下了套。”

按照初薇的说法，李超当时就想和她发生关系，她一害怕，加上慌乱，推了一把李超，没想到李超身后就是一个水池子，池子边有石头，李超后脚跟一绊，一下仰了进去，后脑勺儿磕到了池中央的假山石上。

当时她眼前是一片反射着手电筒光点的水花，先是迅速地升腾起来，然后飞快落下，仿佛是放了一束发了潮的礼炮，喷薄无力杂乱无章而又转瞬即逝。就在这短得不到一秒的过程里，她听到了自己的尖叫，听到了李超落水的声音，听到了大棚外面疾驰飞过的一只乌鸦的鸣叫。

初薇看着我们泪流满面。

“其实我没想说这么多，我觉得我真是个奇葩！”

最后经过进一步审理，发现初薇所讲属实。再加上初薇家对死者家积极赔偿，所以法院最终只对她判了缓刑。

结案后，我再也没见过那个眼睛贼亮，举手投足间格外灵巧又略显憨直的姑娘初薇。

很久以后的一次回访工作，让我和初薇取得了短暂的电话联系。初薇告诉我，当她回到家时，沐泽一家人早已不知所终。她站在当初他们烤翅的地方，看着周围依然葱郁的树木和顽强的野草野花，潸然泪下。那依然是一片童话般的景象，好像是故事结束后，空留了一片物是人非的场地。她蓦然回头，仿佛仍能看到一辆旧得除了喇叭不响哪儿都响的货车在她身边匆匆停下，然后从上面跳下一个头发压得不成样子的男孩子。那男孩子跟她似乎永远是一副半熟不熟的样子，带着有些愣神儿有些惊讶的表情，冲她羞涩一笑。

她深深呼吸，仿佛仍能闻到那股香甜而绵延的美味。

她几次拿出手机，想给他发条微信。但看着几个月前两人的聊天记录，字字刻骨，句句戳心，她又迟疑了。

时不常地，初薇还是会垫着椅子、扶着窗台、探着身子往窗外望去。那棵大树真大，遮天蔽日，只过滤出一些细密的光线，分裂了外面的世界。她从那些缝隙中分辨出墙外新长出了一些串红和野菊花，还有不少尽管歪歪扭扭但依旧泛绿的小树苗。泥土又香起来，仿佛不论发生过什么，时间都会回转到某一个鸟语花香的清晨，然后制造故事。

初薇低头瞄了眼早已被自己焐热了的手机，与沐泽的对话框还开着，她却按不下一个字。她怕她等来的是确认好友的提示。也许沐泽早就把她删了。他们之间的记忆可以浪漫甚至温存，但绝不能算美好。连初薇自己都说不清楚，他们是怎么分道扬镳不堪回首的。因为那副坏事的破眼镜？因为那顿余味飘香的蜜汁烤翅？还是因为那场骤然而来的大雨？总之，一切的“因为”，都始于某年的某日，初薇打开了窗子，发现了窗外的一切。她真有种想彻底封住窗户的绝望。

但沐泽显然没有删掉她。因为一天她忽然发现他的朋友圈更新了一张照片，照片上是不远处的一座山谷，照片上配的文字是：又一次吃了蜜汁烤翅，熟悉的味道！

她发疯一样地骑着自行车，朝那山谷飞奔而去。一路上，她觉得世界又明亮了起来。她看到飞驰的影子映在坑坑洼洼的山路上，好像一幅几笔勾成的漫画，夸张而又幸福。刚刚到达那里的时候，她果然看见了沐泽熟悉的身影，正在往他家修好的货车上搬蜂箱，看来又是一次迁徙。那是她时隔几个月再一次见到沐泽，她兴奋得几乎要叫出声来！她正琢磨着怎样出现，忽然又看到一个妙龄女子从车子的驾驶室跳出来，俏皮地亲了他一口。沐泽朝那女子轻轻一笑，然后和她齐心合力把剩下的箱子搬进车里。

初薇认定，他那一笑，绝对是发自内心的。

他们整理完毕一切，然后发动汽车，绝尘而去。

初薇最后说："如果他能记得蜜汁烤翅的美味，又何必在乎他和谁一起分享呢？"

我竭力想象着一个女孩儿在风中看着一辆车在她眼前渐行渐远的场景。风中还残留着那股曾经让她魂牵梦绕的味道，以及那一句句曾经响在她耳边，带给她无限遐想的回声。那是一个必然的定格，好比再有魔力的美食，都有唇齿留香的完美和缺憾。

如若有你，一生何求

文/高瑞沣

做法

1. 将杏仁粉和糖粉混合，放入食品处理机里研磨2分钟。
2. 将研磨好的杏仁粉与糖粉混合物过筛（如果不易过筛，可以用勺子背轻轻碾压混合粉末），使其细腻蓬松。
3. 将蛋白用打蛋器打至粗泡状态时，加入细砂糖，然后继续搅打。搅打的过程中可滴入少许食用色素，使蛋白呈现鲜艳的颜色。一直搅打到蛋白达到干性发泡（提起打蛋器，蛋白能拉出一个直立的尖角）。
4. 将混合过筛后的杏仁粉、糖粉混合物倒入打发好的蛋白里，用橡皮刮刀从底部往上翻拌，使粉末和蛋白完全混合均匀。
5. 不断地翻拌混合好的蛋白糊，直到蛋白糊的浓稠度达到提起刮刀蛋白糊呈带状往下飘落的程度。
6. 将蛋白糊装进裱花袋，用小号的圆孔裱花嘴在硅胶板上挤出直径约为3厘米的圆形面糊。
7. 面糊挤好以后，不要急于放进烤箱，放在通风处，待其自然风干半小时，直到表面触摸上去感觉不黏手，并形成了一层硬硬的壳。这个时候就可以放进烤箱了。
8. 烤箱事先预热。先用180℃烤6～8分钟待马卡龙出现裙边时，将温度降到140℃，继续烤25分钟左右。取出晾凉后，用小铲子把马卡龙一个个铲下来。

最卑微的不过爱情，最凉薄的不过人心，对着歇斯底里的大银幕我习惯性地侧脸冷笑，然后就看到她在旁边哭泣。我下意识地从裤兜里掏出纸巾，整包递到她的眼前，淡雅包装搭配我修长的手指在幽暗的光线中相得益彰。

见我风华绝代她明显心花怒放，但偏偏又碍于女性的矜持，故作娇羞，动作迟缓。我就不耐烦地问道：“美女，两块钱一包，你到底要不要？”

她惊诧得瞳孔放大，我乘机收回纸巾贴身放好。

她小声嘀咕：“这人有神经病！”

我看也不看她低声回应：“麻烦请认真看电影，另外，神经病哪里有我如此玉树临风？”

她无语，我无视，最后我无法不想起你。

你说最绅士的男生应该会使用手帕，必须是纯棉还要保持常年洁净，你说办不到也没有关系，那么最差也要有包清风或者心相印。你说看电影的时候千万不要轻易被夸张的表演瞬间俘虏你的情绪，因为聪明的编剧会把最真实的寓意放在银幕之外，只有在看完回味以后，才能有似是而非的感悟。

你说回忆，珍贵在于回不去，所以不能忘记。

我说因为有你，那些时光才美丽……

我很想告诉你，我最近开始渐渐迷恋起听夜晚飞机划过天空的声音。而随着时间流逝，有些东西依旧保留，有些习惯却从未被改写。我依然路痴，依然在白日犯困，依然至死不渝地热爱美食，依然游戏人间、熬夜冥思，依然与生物钟和自然规律抵死作对，依然保留爱着一个人的能力，也依旧，思念着你……

也许是我的思念感动上天，让我再次遇到你，而让我欲罢不能、欲哭无泪的是，你的这次出现，竟然让我那么措手不及。

我顶着一头凌乱的碎发和一星期没有洗的衬衫，在没有刷牙洗脸的情况下跑去出版社，拿我上一本稿费的支票。财务说，限我在她下班前赶到。她说，如果我再不来取就真的过期作废。她还说，没见过我这样的作者，有钱还不来拿，居然整整拖了一年半。

出版社五点半下班，而在我疯狂赶稿的时候，一般是第二天中午才睡，下午五点才起，我只有半小时的时间，所以，我只能睁开眼就马上来了，那么的邋遢，就算天生丽质如我，我想，也实在经不起我的这种自我折腾，折腾得完全没有往日翩翩少年的形象。

我在走进出版社办公室的时候，一眼便看见了你，而你也一眼看见了我。

你妆容精致地微笑着朝我打招呼，我眼挂着黑眼圈，脚踩着拖鞋，真的很想找个地缝钻进去。我承认我曾经无数次幻想过我们的重逢，但是像今天这样的，肯定是出乎我意料地让我无地自容，恨不得立刻就死。而我又怎能忘记，当时年少，冲动而热烈，总以为惊天动地就是爱情的样子，别说“再见”并不是再见，于是争吵、分手，看着你拖着你的行李箱离开，然后过个几天，预备着重归于好。可是对于说出了“分手”但其实完全没有分手打算和认知的我，却在去找你的时候，偶然看见的是你和另外一个男生并肩一起走。

我在和你们擦肩而过的那个瞬间，屏住呼吸没有说话，也没有看你，心里的悲伤却开始漫山遍野。我是男生，所以我强迫自己倔强无声。

后来，我们就再无关联，比普通朋友还要疏远。

我从财务室出来的时候，你们也快下班了，我听到你很大声地打电话，好像是在跟你的男朋友汇报。今晚你给他炖了鸡汤，小火慢慢地熬煮，细皮嫩肉的鸡还要加上甜的枣、催情的枸杞、销魂的当归和芍药。

我很想告诉你，其实煲鸡汤不需要这么复杂，打一盆洗澡水，然后你自己躺进去，就是鸡汤，还是老母鸡鸡汤。但是我并没有，这样会显得我太刻薄，于是我只是把你叫到你

最卑微的不过爱情，最凉薄的不过人心。

办公室外的过道上，然后好心好意地提醒你道："上班时间请不要打私人电话，这样影响不好。"

你愕然望着我，两秒钟没有眨眼。你忽然说："那次跟我一起的只是一个普通朋友，而我今天煲汤的对象，是我的室友，是个女生。"

我撇了撇嘴巴："你跟我解释这些干吗？"

你便又说："我曾经想过转身去找你，跟你说我们不要闹了，我们重新开始。有时候我真的会想，如果我们没有分手……可是，如果我当时真的跑回去拉住你，大概你也不会再给我机会了吧。"

我低头笑了，摆了摆手："行了行了，谁没有个曾经呢？和你分手我都没有很难过，所以你没有回头应该是正确的。"

我确实没有很难过，只是心痛到无以复加的程度，从而了解，生命里有些事情是无法如愿以偿的。我说："那些跟你在一起的日子，我会将它当作是一场惊吓。"

你的脸很明显苍白了一下，从包包里掏出个蓝色的马卡龙递给我。你淡然道："嘴太毒是因为心太苦，所以需要吃一些甜的食物来填补。"你真的很过分，因为看到这块马卡龙的时候，我的鼻子突然很酸，想起你种种的好，就再也说不出任何尖刻的话。

当天晚上，我回家换了衣服，重新把自己捯饬了一遍以便恢复以往的帅气，然后我去商场买了一大盒浅蓝色的马卡龙，最后在请朋友吃饭的时候，故意喝得酩酊大醉，在这之前，我把手机通讯录上的所有号码都删除了，只留下你的号码。我知道，在饭店服务员们实在没有办法的时候，他们会打电话给你的。当然，我并不能肯定你一定会来，来接这个表面上烂醉如泥，其实暗地里却还带着些清醒的我。

结果你真的来了，果然没有让我失望，并且你还咬牙为我付了这餐不便宜的酒钱，我知道，你一定费了九牛二虎之力才把我搬运回你的家，我就趁你累得气喘吁吁的时候，开始自顾自地在你床上跳起了脱衣舞，我把自己扒光，只剩下一条白色的内裤，然后就那么肆无忌惮地躺在你的床上呼呼大睡。

你红了脸，因为我故意给你机会，让你在帮我把毛巾被盖到肚子上以前，可以仔细欣赏我一遍。我比以前更壮了一些，连人鱼线也有了，应该会有说不出的诱惑力。

我们背对着背躺着，我很困，却一点儿也不想睡。我听了很久你细密的呼吸声以后才闭眼，这半夜，我居然睡得很安稳，很沉，一直到第二天自然醒过来。我睁开眼，才发现你原来早就醒了，你居然就这么一直盯着我看，没有吵醒我。

“我没有失身吧，你昨天晚上对我做了什么？”我故作惊讶地拉起被子遮住自己的上半身，此时我还只穿着条内裤。阳光从亚麻质地的窗帘后透进来，照耀在我身上，我知道，这一定会让你觉得我有不着寸缕的感觉。

你便用力把枕头朝我扔过来：“有这样反应的应该是我吧？”

我没有说话，只是大大咧咧起来，并没有穿衣服地光着上身就在你面前伸懒腰和做扩胸运动。你无奈，没话找话：“你这几年怎么样？你现在还没有出去工作吗？”

我转过头对你轻轻笑笑说：“没。”

“你女朋友不怪你？”

“怪能有什么办法？”其实我一直都不觉得这有什么问题。

“算了，你现在就走吧！”你明显不打算在这个问题上跟我有过多纠结，你只是下床，然后把我昨天脱下来的衣服

Macarons

连同我的包，悉数都扔到我的身上，命令我必须赶紧把自己包裹起来。

我很快穿戴好，在临行前主动向你发出邀请："改天我请你吃顿饭吧？"

"为什么？"你却还是一副着急赶我走的表情。

我抓了抓头发，想了个理由："昨天你帮我付的钱总要还给你吧？我还必须要谢谢你吧？"

"钱，你打到我的银行账户上就可以了，账号我等下发短信给你，至于谢就不用了！"你说完就当着我的面把门给关上了，留下我一个人站在门口，我就把那盒蓝色的马卡龙从包包里拿出来，放在你的门前以后才走。我一直都知道你是很喜欢吃马卡龙的，试问有哪个女孩儿不喜爱那湿润、柔软而略带黏性的甜美，会不喜欢这酥脆的口感？你还偏爱浅

你说回忆，珍贵在于回不去，所以不能忘记。

蓝色，这些我都是知道的，只是可惜，曾经和你在一起的我，却买不起太多这样昂贵的甜点。

我从来没有告诉过你，我看到你在甜品店前徘徊不前，盯着这些五颜六色的马卡龙望眼欲穿的时候，心底有多么难过。我也没有告诉过你，我在掏出身上所有钱，却只能给你买一枚浅蓝色的马卡龙，并且就算是这样，你也会那么开心向我展露微笑的时候，我心底不光只是难过，简直就是在滴血。

我明白，生命太短，没有时间留给我们去遗憾。所以，为了学会怎样制作马卡龙，我不知道烫红了多少次自己的手臂，但最后学会了，你也不在我身边了，但我还是会常常去做，也会常常幻想，在突然的某一天，你会回到我的身边。

我当然也异常清楚，有些路看起来很近，可是走下去却是远的，缺少耐心的人永远也走不到头。而那些情缘，从年少时开始最美。到后来，真心要么输给了生活，要么就还是把它交给岁月罢了。

刚刚你问过我这几年过得怎么样，我没有回答你，因为我想，如果你真心想打听我现在的状况是不难的，毕竟现在是网络时代了，不是么？

输入我的名字，相信不用多久就能对得上号，我不知道你有没有看过我的小说改编的电影，也不知道你有没有看过我写的小说，其实里面，都或多或少有些你的故事、你的影子，我却一直都没有机会告诉你。

在没事的时候，我开始经常往你在的那家出版社跑，表面上说是跟责编讨论一下下本书的故事情节走向和人物设置，其实，就是想多见见你，我总是带很多马卡龙去请大家吃，那么那么多，所以总会有一个被分到你的手上。

不知道分手后的男女会不会跟前任做对比，反正我发现你现在看到我就自然而然地有些怨怼。我很喜欢你现在看我时这样怨怼的眼神，因为这至少说明，我还能够在你的情绪里占有那么一席之地。

盛夏夜，最热的时候。深夜两点，我写作累了，站起来到自己家的窗口透透气，居然那么巧，一下子就看到你的背影，闪进了对面那家便利店买了两罐啤酒，然后又跑出来去酒店开房间。

我肯定那个一定是你，因为当你喜欢一个人很久以后，就连她的背影也都会跟别人不一样，就像是会发光一样，你一看，就知道那个是她。

于是，我便忍不住下了楼，跟着跑了过去。在我走进酒店大堂的时候，你正在办理入住手续，我有些不怀好意地朝你笑笑问："一个人来酒店开房间？"

你一回头看到是我，便白了我一眼，嘴硬道："你还不是一样！”

我这才告诉你说：“我是看到你出来我才出来的。”顺便我还指了指对面的窗户向她解释，“我家就住那里，正斜对着酒店的大堂，我看到你急匆匆地跑去便利店买东西，以为你要干傻事，所以这才来阻止你。”

你花了很久的时间才反应过来我是想歪了，咬牙切齿地说：“我才不是那样的人，我只是家里空调坏了，没法睡！”

我点点头：“那也不用到酒店啊，多不划算。走，去我家睡吧。”

“凭什么我要去你家啊？”

“我家有多余的房间，别闹了。再说，也不是没有在同一个房子里住过，还在同一张床上睡过呢！”我一脸的猥琐相，连前台的服务生都忍不住捂着嘴笑了。

我也不知道你为什么就这么乖乖地跟我来了，可是一路上你都有些愤愤不平，你刻意地问我：“你女朋友要误会了，生你的气我可不管。”

“不会的。”我在前面走着头也不回地回答你，“因为我现在根本就没有女朋友啊。”

这是你跟我认识的第六年，再一次相遇的第三个月。偌大的城市，炽热的柏油马路上永远车来车往。我和你 前后走着，你身上穿着短裤背心，我也是；你踩着人字拖鞋，我也是；你提着两罐啤酒，在过马路的时候，我就很自然地接了过去。然后红灯转绿灯，你没有很快反应过来，我就干脆地拉住了你的手。

你忍不住用手指用力地抠了下我的手心，嘴里嘟囔着："你不要以为这样我就会原谅你！"而我却侧脸笑着对你说："其实我并不打算让你原谅我，一直记恨着，也挺好。"

大概是因为再见面，能够坦然地看着彼此的眼睛重新微笑，这个时候，我才发现，原来我们都误会了，误会了爱情，误会了温柔，误会了悲伤，也误会了天长地久和地老天荒。虽然那些琐碎的味道，总是在最不经意间抚过我们的心灵深处，虽然曾经喜欢过比自己更重要的那个人已经从生命里完全退出。

而关于我跟你分手这件事，其实现在回想起来，我始终都会觉得挺无稽的，只因为那一年我不肯出去工作，然后我们就此事吵了一整个夏天。

你说你从来都不觉得男人必须要有很多钱，但没有工作，依然是一件恐怖的事情。你劝我、哄我，甚至还出手打我，骂我，结果还是一无所获。这是理所当然的，因为我可不是那么轻易就改变自己初衷的男人。而那个时候的你最后只好绝望地以为，男孩儿是永远也不会长大的生物，无论别人多努力，都没有办法说服他们工作是人生必需。并且，当时的我还会很无辜地看着你，轻描淡写地表示：“我有在工作啊，我只是没有上班而已。”

我们吵了又吵，闹了又闹，终于都累了。然后在春天开始的时候，你拖着一只大号的行李箱离开，我跟在你后面大声叫你的名字，一遍又一遍地说：“你不要走！你听我说好不好？”竟然会是电视剧里常见的桥段，连出租车司机都忍不住笑了，劝你说：“跟男朋友闹矛盾很正常的啦，忍一忍就过去啦。”

我知道你从来都不是一个有耐心的女孩儿，你根本就容不得感情里有所忍耐，所以即便是现在，你也一定不觉得自己做错了什么，然而当我拉住你的手的时候，我想你还是会有一点点恼怒的。因为我懂你，我知道你介意的并非是我像什么都没有发生过一样对待你，而是我用事实告诉你，最后

爱情，从来都是一件不可捉摸的事情。

的结果是你错了。

晚上，你躺在我隔壁的房间翻来覆去地睡不着，即使是屋子里的温度很凉爽舒适。在天快亮的时候，我悄悄过来打开了你房间的门，你就躺在床上没有动，我知道你并没有睡着。我也知道，你这样，是想看我究竟想要搞什么鬼，所以我就故意站在黑暗之中看着佯装沉睡的你，看了很久，然后小声地用你能够听到的声音说："其实我还是很喜欢你。"

我们的心里似乎都有那么一块石子，等待我们去做一场人生中有关青春的梦，等待梦里的白羽鸟将那块心石吞下，然后飞去我们永远抵达不了但却可以向往的地方，这样，我们才能真正解脱，在成熟中释然，在平和中默默怀念。这到底是一种什么样的感受？

爱情，从来都是一件不可捉摸的事情。谁也说不清那些原本可有可无的人是怎么突然变得刻骨铭心的，而那些让我们难以忘怀的人，是怎样在记忆里打捞的时候却连一个渣都没有剩下。我在黑暗里对你说的那句"其实我还是很喜欢你"原本应该是一句很俗的话，但是却是我真的最想对你说的话，却不知道，你听到后会有怎样的感受。

在我还在厨房里为你准备早餐的时候，你已经起了床，站在客厅里，手握着大门的铜质把手对我说谢谢我的收留款待。你说："我需要回家换套衣服，然后就去上班了。"

我请求你："可以吃了早餐再走吗？"

你却只是笑道："你以为人人都跟你一样？我上班迟到是会扣工资的。"

其实只需要再等一分钟就好了，你出门的时候，我没来得及拦住你，因为此时，我烤箱的提示音响了，我忙活一早上，精心为你做的马卡龙烤好了，热腾腾的，还散发着奶油的清香。浅蓝色的，看起来很好吃的样子，但是，你却已经走了。

我顾不得烫手，用手指把马卡龙从烤盘上一个个抠下来，而当我找到纸盒把这些马卡龙装起来的时候，我的手指已经接连起了好几个泡。

我不觉得疼地捧着纸盒追出去的时候，你刚刚走出我家的小区门朝公交站走，在你路过昨晚的那间便利店的时候，我终于在马路对面跟上你的步伐。我朝你大声喊，话出口连我自己也惊讶到了，我对你说："请你嫁给我吧！"

早上来来往往的人群，在公交车站等车的小白领们，都错愕又兴奋地抬头看着我的方向，这句话莫名其妙地就让这个沉闷的早晨突然雀跃了起来。而此时你也抬起了头，然后看着我捧着自己亲手做的马卡龙正坚定而热情地看着你，你的眼睛亮晶晶的，就像是那一年，我握住你的手，跟你说

BUS

“你跟我在一起吧”的时候一模一样。

我突然莫名发现，你好像从未长大过，还是当初那个喜欢甜食的小女孩儿。我也发现，原来我对你的喜欢也一直都没有变过，即使，我们曾经分开过这么多年。

我想，感情大概就是这样，一次机会还不够，如同春日里埋下的种子，非要等到过了若干个秋，才能看到结出的是什么样的果实。而我终于在这一天真正收获了你，却经过了那么久，当然，也许是我们大家都已经成熟了一些，我也更加勇敢了一些。

原来有时候，上天没有给你想要的，不是因为你不配，而是时间不对，你值得拥有更好的。在若干年以后，更加完美成熟的你和她。

图书在版编目（CIP）数据

一切有情，依食而住 / 唐七，浅白色等著. -- 长沙:湖南文艺出版社, 2014.7

ISBN 978-7-5404-6780-7

Ⅰ. ①一… Ⅱ. ①唐… ②浅… Ⅲ. ①小说集－中国－现代 Ⅳ. ①I246

中国版本图书馆CIP数据核字(2014)第121705号

上架建议：小说 | 作品集

一切有情，依食而住

作　　者：唐七　浅白色　等
出 版 人：刘清华
责任编辑：薛　健　刘诗哲
监　　制：蔡明菲　潘　良
策划编辑：邢越超
特约编辑：尹　晶
营销编辑：刘碧思　尤艺潼
图片绘制：可桃子
版式设计：利　锐
封面设计：姚姚设计工作室
出版发行：湖南文艺出版社
（长沙市雨花区东二环一段 508 号 邮编:410014）
网　　址：www.hnwy.net
印　　刷：北京京都六环印刷厂
经　　销：新华书店
开　　本：880mm × 1270mm 1/32
字　　数：210 千字
印　　张：8
版　　次：2014 年7 月第1 版
印　　次：2014 年7 月第1 次印刷
书　　号：ISBN 978-7-5404-6780-7
定　　价：32.80 元
（若有质量问题，请致电质量监督电话:010-84409925）